http://www.bbulmedia.com

劍聖戰

검
성
전

剣聖戦

검 성 전

환유 신무협 장편 소설

귀검(鬼劍)

# 목차

〈序〉

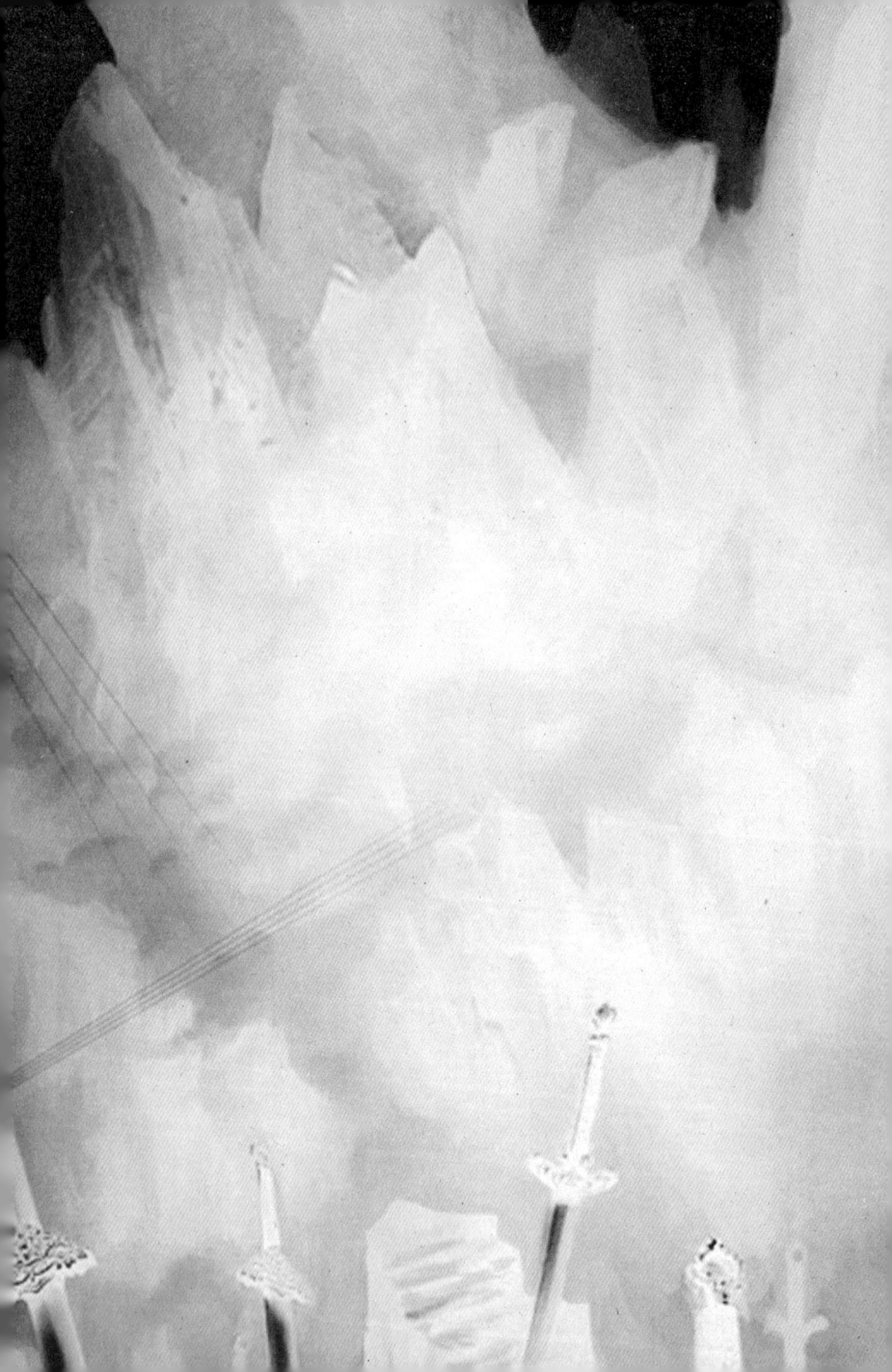

중원.

이 땅의 무인이라면 한 번쯤, 백귀일성(百鬼一聖)이라는 말을 들어 본 적 있지 않을까?

한 가지에 미쳐 버린 귀신(鬼)들 사이에서 진정한 성자(聖)를 찾기 위해서, 약 이백여 년 전부터 무림에서 계속해서 비교하는 움직임이 일어났다. 심지어는 황제(皇帝)마저도 그 결론에 관심을 가지고 직접 지원해 주었다.

그 결과가 바로 검성전(劍聖戰).

황제조차도 공인하는 무성(武聖)을 가리기 위한 대회.

이십 년마다 수도에서 한 번씩 열리는 검성전의 제일회

참석자는 고작 십여 명에 불과했으나, 세월이 흐르면서 어느새 검성전은 무림최강(武林最强)을 가리는 거대한 제전으로 변모해 있었다.

검성전을 제패하는 자가 바로 무종(武宗)이다!

명예와 힘, 계략과 금전, 배신과 어둠을 안고 이백여 년간 검성전의 열기는 갈수록 뜨거워져 갔다.

이것은, 우연히 검성전(劍聖戰)에 평생을 얽혀 버린 한 사내의 이야기이다.

# 1.
## 태오(太烏)

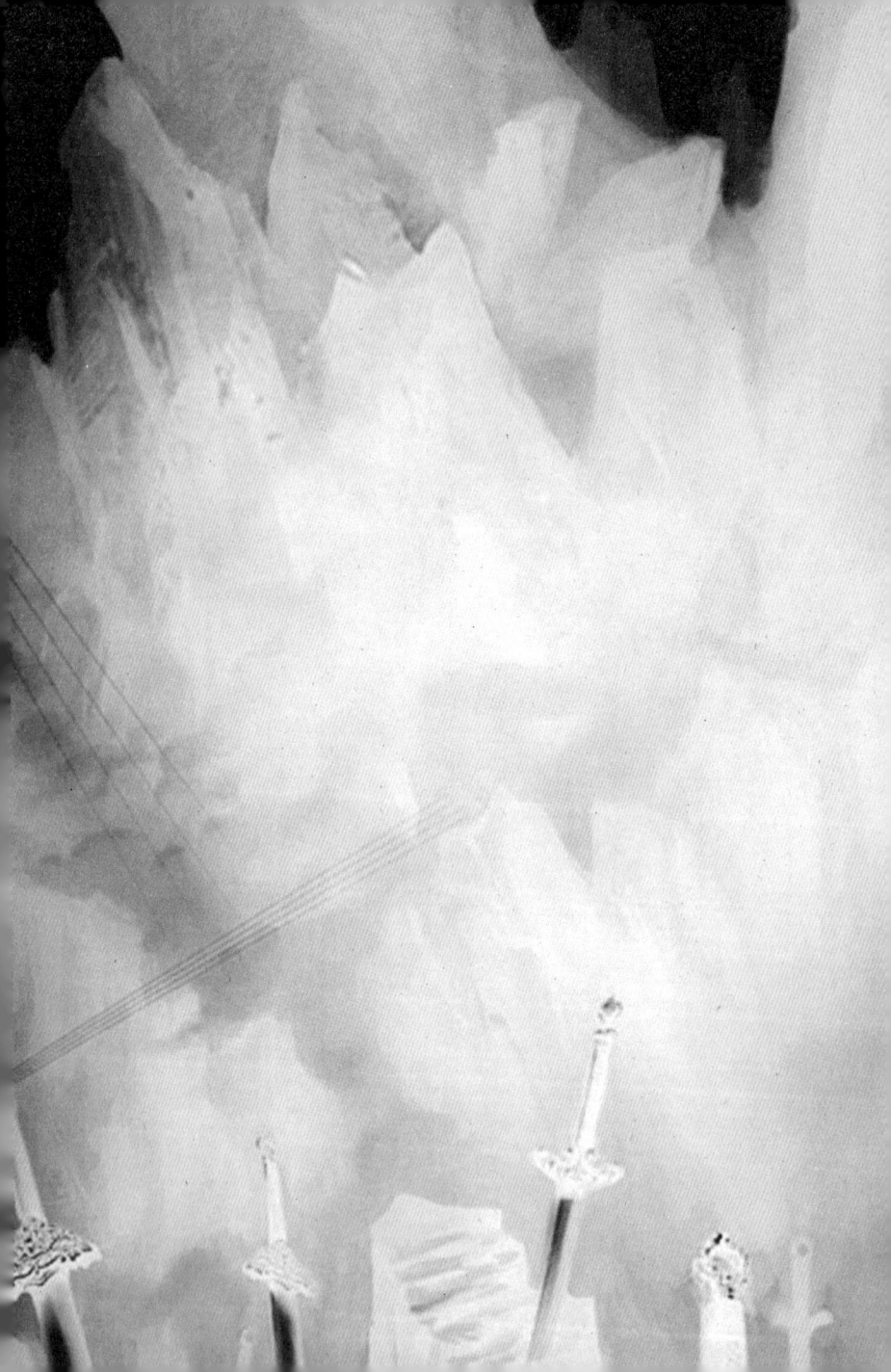

내 이름은 태오(太烏).

어머니가 나를 낳을 때 큰 까마귀가 지나가는 걸 보고, 촌장님이 추천해 주신 이름이라고 한다.

정말로 쓸데없이, 내가 낯선 사람을 만났을 때 할 만한 얘기 중 하나다.

나, 태오는 어렸을 때부터 글 읽기를 좋아했다. 문필(文筆)이 출세의 수단인 세상에서 이상한 것도 아니지만, 평민에다가 하루 벌어서 하루 먹기도 힘든 집의 첫째 아들이 책을 좋아하다니, 주제넘다고들 했다. 일년 내내 일해서 얻은 농작물을 환전해도 책 열 권을 살 돈이 안 나왔기 때문이다.

돈이 없는 건 아무래도 좋았다. 난 열두 살이 될 때까지 계속해서 글 읽기를 즐겼다. 부모님은 평민인 내가 출세해서 관리가 되려는 야망이 있는 거라고 여겼다. 그래서 말은 안 했지만 은근히 내가 책 보는 걸 권하기도 했다.

하지만 내가 책을 보기 좋아하는 이유는 일곱 살 무렵에 우연히 한 문사(文士) 형이 내게 글을 가르쳐 주며 권했던 책 때문이다.

출세에 도움이 되는 정서(政書)도 재서(財書)도 아니다. 기초 글자를 다 뗀 후에 더듬거리며 읽기 시작했던 책은 바로 무협(武俠)이다. 부모님의 기대와 달리, 나는 그냥 무협소설 읽는 게 좋다.

문사는 스무 살배기 동네 형 같은 사람이다. 그는 몇 번이고 수도에 가서 시험을 쳤고, 작년 즈음에 성(城)의 하급 관리로 발령이 났다.

마을이 다섯 개 이상 합쳐져서 큰 고을로 불리고, 고을이 다시 모여서 령(領)이 되고, 령이 또다시 모여서 성이 된다는 걸 생각하면 대단했다.

사람이 수천, 수만 명씩 바글거리는 세상에서 어르신으로 대접받는 건 틀림없이 즐겁다고 생각한다.

하지만 문사 형님은 이따금 말하기를, 자신은 사실 무예(武藝)를 배우고 싶었다고 한다. 무림(武林)이라고 불리는 세계의 의협(義俠)이 되어서 활약하고픈 꿈이 있었다.

뭐가 문제일까. 하고 싶은 걸 하면 되지 않느냐.

나는 그러면 하면 되는 게 아니냐고 반문했다. 나로서는 별로 생각도 하지 않았던 물음이었다.

그러자 문사 형님은 우울한 표정을 지으며 대답했다.

"할 수 있다면 했을 거야. 하지만 일 년 정도 무술을 수련하면서, 도저히 아니란 걸 깨닫고 말았지. 나는 근성이 없는 사람이다."

그 형이 그렇게 약한 소리를 하는 건 처음 봤다.

문사 형은 대신에 무림의 협사들이 활약하는 무협이라는 글을 모으는 취미를 가지고 있었다.

나도 사람들이 붕붕 날아다니고 무공을 수련하는 부분이 너무 재미있어서 자주 읽곤 했다. 나는 내가 스스로 몸을 움직이거나 뛰는 건 싫었지만 인간이 그렇게 강해진다는 게 신기하기만 했다.

뭐, 그때부터였을 것이다. 현실감 없이 하루하루가 무협소설을 위한 준비 과정으로 보였다. 눈 뜨고 숨은 쉬지만 여기가 현실이 아닌 것만 같다.

문사 형의 말로는, 무협소설은 실제 무림에서 활약하는

고수들 중에서 은원관계가 크게 없는 유유자적한 자들이 취미로 적는다고 한다. 그래서 현실과 꽤 다르지만 일치하는 점도 많다고 한다. 실제로 성주나 고관대작들은 무협소설 읽는 취미를 가진 사람들이 꽤 많았다.

내가 가진 무협소설 중에서 제일 재밌게 본 것은 환룡(幻龍) 작가의 탈혼경(奪魂經)이라는 책이다. 사람들은 환룡이 실제로 무림의 고수라는 평을 내렸다고 한다. 무림에 대한 고증도 훌륭한 책이다.

나는 거기까지 생각하며 한숨을 쉬었다. 현실은 무협소설과 달리 상당히 따분하다.

"하아. 뭔가 재밌는 일 안 생기려나……."

문사 형이 마을에서 환송받으며 성으로 간 지도 일 년이 다 되어 간다.

나는 논에서 상한 벼를 골라내면서 땡볕에 땀을 훔치곤 했다. 날씨가 더워져서 벌써 공기에서 더운내가 났다. 목이 말라서 오늘은 빨리 끝내고 집에 가서 쉬고 싶은 마음이 간절해졌다.

나는 요즘은 아주 무협소설을 쌓아 놓고 읽고 있다. 문사 형이 성으로 가면서 가지고 있던 책을 모두 내게 주었기 때문이다. 물론 까막눈인 내 부모님은 그게 공부하는 책인 줄 알고 계신다.

지금도 〈탈혼경〉을 허수아비 어깨 위에 잠시 덮어 놓고 쉬는 중이다.

다그닥, 다그닥.

"어라?"

이질적인 소리.

논 사이의 조그마한 길로 말(馬) 한 마리가 걸어왔다. 거리가 멀어서 희미하게 보일 정도다. 위에는 누군가가 타고 있다.

'아니 이건? 설마 소설의 도입부!'

나는 잡초를 뽑아내다가, 순간 이 장면이 무협소설에 나오는 거라는 걸 깨달았다. 이 경우에 말 위에는 사람이 타고 있는데, 그 사람은 악독한 마두(魔頭)던가 주인공(主人公)이곤 했다. 그렇다면 지금 내 역할은 대화를 받아 주는 마을 사람 갑(甲)이 아니겠는가?

그렇게 생각한 나는 애써 태연한 척 휘파람을 불며 일부러 쓸데없는 생생한 벼를 뽑아냈다. 긴장하니까 손에 힘이 들어가서였다.

이윽고 삼 장 거리까지 말이 다가왔을 때, 나는 약간 표정이 일그러졌다.

'여자애?!'

좋지 않다.

여자애라고 해도 마을에서 흔히 볼 수 있는 녀석들 같진 않다. 나이는 나보다 너댓 살 많은 정도일까? 확실히 혼기의 처녀라고 볼 수 있다.

게다가 흰색과 검은색이 교차되어 있는 특이한 비단 옷감을 입고 있어서 부잣집의 여식 같았다.

얼굴은 그럭저럭 예뻤지만, 아니, 많이 예뻤지만 내 실망감을 충족시켜 줄 만큼은 아니었다. 나는 틀림없이 무림영웅 같은 사람이 나타나서 이야기가 전개될 거라고 생각했기 때문이다.

무협소설 같은 삶은 안 되나.

내가 한숨을 쉴 때, 희고 고운 얼굴을 한 여자애가 잠시 나를 봤다. 나는 여기서 또다시 뭔가 시작된다고 직감했다.

'말을 건다면? 아마도 길을 묻는 거겠지. 말을 안 건다면? 비천한 내 꼴을 보고 무시하는 거겠지. 자, 와라. 어느 쪽이든 내가 생각한 대로다! 이것도 무협소설에 나와 있었어!'

마을 사람 갑(甲)의 의지를 보여 주마!

나는 알 수 없는 승부욕에 불타 여자애를 살짝 노려보았다. 그러자 여자애는 흠칫하더니 나를 뚫어져라 바라보았다. 나는 아차하면서 황급히 시선을 돌렸지만 이미 상대방의 주의를 끌어 버린 모양이다. 조금 전과는 달리, 현실적인 이유에서 가슴이 덜컥 내려앉았다.

만일 상대방이 무가(武家)의 자식이라면 건방지다고 해서 날 베려고 할지도 모른다. 지체 높은 관리의 자식이라도 행동이 크게 다르진 않을 것이다.

내가 조마조마해하고 있을 때 여자애가 입을 열었다.

"……지 않겠느냐?"

옥구슬 굴러가는 듯, 사성 고저가 확실한 목소리.

"네?"

잘못 들었다. 햇볕이 뜨겁고 꽤 거리가 있어서인지도 모른다.

내가 인상을 찡그리며 한 걸음을 옮기자, 여자애는 갑자기 왼쪽 품에 차고 있던 진검(眞劍)을 꺼내어서 내게 겨누었다.

시퍼런 날이 내 코 앞에서 멈춰 서 있었다.

"우리 문파에 들어오지 않겠느냐?"

이건 무슨 상황일까.

잘은 모르지만 무협소설로 치면 서장(序章)일 것이다.

나는 뭐가 뭔지는 잘 몰랐지만, 그 순간 내가 겪은 평생의 선택 중에서도 가장 중대한 걸 저질러 버리고 말았다.

"그러죠."

난 주인공은 아니겠지만, 어떤 이야기든 즐길 준비가
되어 있는 마을 사람 갑(甲)이니까.

현실감이 없는 이 이야기는 이윽고 내게 검성전(劍聖
戰)이란 현실이 되어서 다가오기 시작했다.

나는 이때까지만 해도, 눈 앞의 여자애, 사호(沙湖)와
평생 동안 목숨을 걸고 겨루게 될 것이라곤 생각지도 못
했던 것이다.

*　　　*　　　*

"근데 이름이 뭐요?"

길을 걷던 중 내 가벼운 질문에 여자애가 대답했다.

여자애의 왼 손에는 〈탈혼경〉이 들려 있었다. 내가 재
밌게 읽는 책이라고 하니까 다짜고짜 뺏아가 버린 것이다.

"사호(沙湖)."

여자애의 이름은 사호(沙湖)다.

여자이름 치고는 특이했지만 나는 별다른 소리를 하지
않았다.

사호는 말을 꺼내자마자 내게 우리 집으로 향하라면서
칼을 들이밀었다. 나는 우스갯소리로 말했다.

"안 가면 찌를 거요?"

대답이 없었다.

갑자기 무서워져서 나는 입을 닫고 서둘러 집으로 걸어갔다. 왠지 한마디만 더 하면 찔려 죽을 것만 같은 직감이 들었기 때문이다.

사호는 내 뒤에서 천천히 말을 타고 따라왔다.

과연 이야기 전개가 어떻게 될까? 어쩐지 예상이 안 된다.

이런 경우, 환룡 작가라면 아마도 내게 절세기연을 주겠지!

곧 우리 집에 도착하자, 어머니와 아버지가 한창 일을 하다가 나무 밑에서 쉬고 있었다.

부모님은 내 뒤에서 칼을 들이밀고 있는 사호를 보고 깜짝 놀랐다. 그리고 사호는 태연하고 뻔뻔하게 말했다.

"이 아이에게 검재(劍才)가 보여, 우리 유극문(有極門)에서 제자로 거둬 가고 싶소. 허락해 주시길 바라오."

"네?"

아버지는 무슨 소리인지 몰랐다.

나도 뜬금없이 뭔 소린지 몰랐다.

'무슨 개소리야?'

뜬금없이 논일하던 꼬맹이를 데려다가 무림문파의 제자로 받겠다니, 개가 웃을 소리다.

보통 무림문파들은 제자들을 선별해서 받기로 유명했기

때문이다. 혹시 나도 모르는 재능 같은 게 있었나 생각해
봤지만 딱히 생각나는 게 없다.

이게 만일 소설이라면 삼류소설일 것이다. 다만 어머니
는 뭔가 빠르게 감을 잡았는지 물었다.

"먹고 자는 건 괜찮나요?"

"그렇소."

"태오를 잘 부탁드립니다."

고개를 숙이는 어머니의 모습에, 나는 그만 소리쳤다.

"엥?!"

잠시 후, 아버지와 어머니는 나와 방에서 두런두런 얘
기를 했다. 뜬금없이 인생이 바뀌는 일이 찾아와 버렸지
만 생각보다 나오는 얘기가 없었다.

어디의 누군지도 모르는 인간을 따라가는 건데도 아버
지와 어머니는 경계심이 없었다. 되레 어머니는 잘하라면
서 몇 번이고 내게 당부하는 것이었다.

곧 사호와 부모님이 몇 마디 얘기를 나누는가 싶더니
사호가 밖으로 나왔다. 그리고는 말에 올라타며 말했다.

"가자."

"……."

급전개.

이건 소설이라면 최악일지도 몰라. 다짜고짜 개연성도

없이 등장인물이 이동하다니.

나는 할 말이 없어져서 그냥 옆에서 걸었다.

그렇게 반 식경 정도를 땡볕에서 걷고 있는 동안, 나는 특이한 점을 발견했다. 분명히 무더운 땡볕 아래인데도, 사호라는 계집애는 하얀 피부에서 땀 한 방울 흘리지 않았다. 뿐만 아니라 냉기마저도 흘러나오고 있었다.

말 위의 사호가 내게 말을 걸었다.

"네 이름이 태오구나."

"그렇소."

"이 책 재밌네?"

사호는 탈혼경을 어느새 반절이나 읽고 있었다. 나는 한 줄 읽을 때마다 끙끙거리며 읽는데 꽤 글을 잘 아는 듯싶었다. 하긴 입은 옷을 보면 배운 집의 여식이란 건 금세 알 수 있다.

"재밌는 무협소설이오."

"내가 왜 너를 유극문에 끌어들였는지 궁금하겠지."

……이 녀석 여자 맞을까 싶을 정도로 말투는 날카롭고 호전적이다. 듣는 동안 계속 위가 쿡쿡 쑤시는 것 같았다. 나는 솔직히 궁금했고, 지금이라도 집에 돌아가고 싶었기 때문에 고개를 끄덕였다.

그러자 사호가 말했다.

"네 생각이 재밌었으니까."

"……?"

무슨 말인 걸까. 설마 이것도 뭔가의 복선(複線)인가?

"그냥 내 변덕이야. 신경 쓰지 마."

맑은 목소리로 마무리해 봤자, 당연히 신경 쓰인다.

솔직히 뭔 개소린가 싶지만 물어봤다가는 저 칼로 등을 찌를 것 같아서 무서웠다. 늘 무협을 동경하고 있었지만 진검이란 건 생각하는 것보다 더욱 거대한 압박감과 공포를 가져다주었다.

사호는 물끄러미 내 얼굴을 쳐다보다가 말했다.

"태오. 이 칼이 무서워?"

"그럼 칼이 안 무서운 사람도 있소?"

"그거 안 됐네. 칼날을 똑바로 보는 훈련도 해야 할 텐데."

"……."

농담이 아닌 것 같은데.

나는 사호의 말에 전신에 찬물을 끼얹은 느낌이 들었다. 이제야 농담이나 장난이 아니라는 걸 실감한 것이다. 나는 감이 뛰어나다고 해서 눈치귀신이란 별명도 있다. 그런 내 직감이, 사호가 진심이라고 말하고 있었다.

'에라, 모르겠다!'

곧 나는 마음을 편하게 먹기로 했다. 얼떨결에 부모님

과 이별 인사까지 해 버렸으니 지금 되돌아갔다가는 나
스스로 쪽팔린다.

일단 적어도 유극문이라는 곳에서 한 달이라도 해 보고
문파를 탈퇴하기로 마음먹었다. 사호가 왠지 싫은 표정으
로 나를 바라보았지만 무시했다.

그리고 궁금한 점을 물었다.

"나도 입문하면 내공(內功)이란 걸 배울 수 있소?"

"내공?"

내 질문에 사호가 어이없는 표정을 지었다. 그녀의 흑
백이 새겨진 비단옷이 바람에 펄럭였다.

"설마 너는 무병장수(無病長壽)하려고 우리 유극문에
들어온다는 거니?"

무병장수도 좋을 것이다. 편하게 먹고 살면서 좋아하는
소설책을 맘껏 읽을 수 있다면 말이다.

무협소설에서 읽은 바로는 내공을 익히면 건강해진다니
그럭저럭 맞는 소리다. 나는 퉁명스럽게 대답했다.

"무슨 말이오? 칼을 들이대고 들어오겠냐고 묻는데 어
떤 사람이 거절할 수 있다는 건지."

그러자 사호는 일리가 있다고 생각하는지 음음, 하는
반응을 보였다.

나는 뭐라고 한마디 톡 쏘아 주고 싶었지만 애써서 참

았다. 역시 칼이 너무 무서웠다.

사호는 짧게 한숨을 쉬더니 말했다.

"내공은 가르쳐 줄 거야. 대신 열심히 안 하면 오래 살기 힘들걸."

"그것 참 감사하군."

나는 툴툴대며 걸었다. 저딴 계집애 꼴도 보기 싫다.

내가 약간 앞서서 걷자 사호가 뒤에서 얄밉게 웃었다.

"아하하! 더 궁금한 건 없어? 하나 정도면 진지하게 대답해 줄게."

"그 말 지키쇼."

나는 홱 뒤를 돌아보면서 참았던 말을 꺼냈다.

"나한테 정말 검재란 거 있소?"

검재.

나도 웬만한 문사 수준으로 글을 읽을 줄 안다. 해석해 보면 검의 재능이란 말이다. 아마도 무협소설에서 읽었던 바에 의하면, 고수가 되는데 있어서 가장 필수적인 능력인 듯하다.

내가 빤히 바라보자 사호가 부담스러운 듯 고개를 돌렸다.

"사호는 잘 몰라."

"모…… 모른다고?"

나는 황당해서 반문했다.

사호는 귀찮은 듯한 표정으로 말했다.

"그래 사호는 몰라! 너 소설을 너무 많이 본 거 아니니? 한눈에 딱 보고 재능을 눈치챘다니 어떤 미친놈이 그래? 유극문의 문주님도 그렇게 못해."

"……"

"직접 칼 들고 수련하는 걸 봐야 감이 잡히지."

나는 우울해졌다. 내가 소설을 많이 읽은 건 사실이지만 졸지에 왠 계집애한테 붙잡혀서 집까지 나왔는데, 재능마저도 확신할 수 없다니. 은근히 품었던 기대감이 살짝 무너지는 걸 느꼈다. 사호가 말을 덧붙였다.

"태오. 너무 실망하지 마. 무림(武林)의 격언을 가르쳐줄게."

"뭐요?"

"천인일재(千人一才) 만인일귀(萬人一鬼) 백귀일성(百鬼一聖)."

졸지에 뜬금없는 소리였다. 하지만 이후에 내 인생을 결정지을 중요한 말이기도 했다. 나는 고개를 갸우뚱했다.

"……?"

"일천 명이 있으면 그중에 한 사람은 하늘로부터 천부적인 재능을 타고난다는 소리야. 물론 그 재능이란 건 일반인과 비교할 수 없을 정도."

나는 곰곰히 생각하다가 대충 뜻을 알 수 있었다. 그러니까 재(才)는 천재(天才)를 뜻하는 것이다. 무협소설에도 종종 등장하는 존재였고, 주인공들은 주로 천재였다. 나는 흥미가 생겨서 질문했다.

"그럼 일만 명 중에 한 명은 귀신(鬼)이란 말이오?"

"응."

일만 명이라는 숫자는 엄청, 엄청나게 많다. 문사 형과 무협소설을 읽던 중에 이야기를 했는데, 성에는 몇 명이 살까에 대한지였다. 그러자 문사 형이 말하기를 십만 명이 약간 넘을 거라고 했다. 나는 그 얘기를 듣고 소스라치게 놀랐던 기억이 있다. 내가 태어나서 봤던 사람이라고 해 봐야 이백 명이 안 넘기 때문이다.

"귀신이 뭔데요? 뒷간 귀신 말하는 건 아닐 테고."

"수련하고 또 수련하다 보면 미쳐 버리지. 그다음부터는 생의 모든 즐거움이 무(武)에만 쏠리게 되고, 저절로 기(技)는 초인적으로 변해. 뭐 너는 말해도 모르겠지만……."

"알게 뭡니까."

나는 짜증이 났지만 일단 참으면서 마지막으로 질문했다.

"그리고 백 명의 귀신 중에서 한 명의 성자(聖)가 있다는 겁니까?"

"글쎄……?"

철컹!

사호는 애매한 표정을 지었다. 그녀는 뭔가 망설이는 듯하다가 처음으로 칼을 칼집에 집어넣었다. 너무 오랫동안 들고 있었다고 생각하는 듯했다.

"마지막은 나도 잘 모르겠어. 전설 같은 거라서."

"뭔 소리야. 그러면 성(聖)의 경지에 도달한 자가 없다는 거요?"

"그걸 모른단 소리야."

사호는 말고삐를 세게 잡았다.

"귀신조차 성자를 알아볼 수 없다고 하니까."

나와 사호가 유극문에 도착한 건 그로부터 사흘이 지나서였다.

사호가 나보다 나이가 많아서 누나라는 느낌이었으므로, 먹을 건 대개 사호가 육포를 나눠 주거나 음식을 사 주었다.

쏴아아!

오후의 해가 비치고 나뭇잎이 흩날렸다. 나는 오 장 밖에 있는 유극문의 현판을 바라보면서 멍한 표정을 지었다.

'어, 이게 아닌데?'

너무 전개가 빠르다! 주인공다운 영웅호걸의 기상이 보이지 않는다.

환룡 작가님 어떻게 된 겁니까!

나는 속으로 울부짖었지만, 역시 아무런 일도 이루어지지 않는다. 역시 현실 따위 무협소설대로만 되지는 않는 듯했다.

무협소설에 나오는 대로라면 분명히 나와 사호 사이에 애틋한 연인의 감정 같은 게 싹터야 한다. 그런데 사흘 동안 정처 없이 관도를 걸어오면서, 나는 그냥 힘들고 배고프고 목마르고 발이 아팠을 뿐이다. 잠을 잘 때도 밥을 먹을 때도 서로 대화를 거의 하지 않아서 어영부영 사흘이 지난 것이다.

그제야 나는 무협소설의 주인공들이 얼마나 굉장한 행동력과 운을 지녔는지 알 수 있었다. 말하자면 그냥 운명적으로 떠 먹여 주는 수준! 난 아직 남녀의 관계 같은 건 잘 모르지만 현실과 소설은 꽤 다르다는 걸 절실히 느껴야만 했다.

내 얼굴을 보고 무슨 생각을 했는지 사호가 웃겨 죽겠다는 비웃음을 머금었다. 그녀는 막 말을 말뚝에 매고 내리는 중이었다.

"왜 그래 태오? 많이 아쉬운 표정인데?"

"뭔 소린지 원."

나는 애써 뻘쭘한 표정을 숨겼다. 솔직히 말하자면 흑

심이 없다고는 말 못한다.

"자, 이제부터 네가 어떤 과정을 거치게 될지 설명해 줄게. 네가 체력이 약해서 제대로 설명해 줄 여유도 없었으니까."

사호는 검지로 유극문의 건물을 가리켰다. 삼 층 전각이 두 개 정도 있었고, 일 층짜리 건물이 곳곳에 있었다. 부지는 반경 삼십여 장 정도로 보였다.

솔직히 일개 무림문파가 이 정도 크기일 줄은 몰랐다. 왜냐하면 문사 형이 말하길, 무협소설에서 나오는 문파의 크기는 꽤 과장되어서 실제로는 건물 한 채가 전부인 문파도 적지 않다고 말했기 때문이다.

"크네요."

"응? 우리 문파는 이 환령(還嶺) 일대에서 제일 큰 문파니까."

"엄청 잘살겠다."

나는 숨기지 못하고 부러움을 드러냈다. 그냥 평민 농부의 아들로 태어난 나로서는 이런 건물에서 사는 건 생각해 본 적도 없다. 사호는 이해 못하겠다는 표정을 짓다가, 이내 자기 할 말을 하기 시작했다.

"태오. 넌 이제 유극문의 평제자가 되기 위해서 일 년 동안 견습제자로써 기초 심법과 검술을 수련할 거야. 그리고 시험을 쳐서 자질이 있다고 판단되면 평제자가 되고, 아니면 집에 간다. 평제자로 쭉 지내다가 만일 실력이 괜찮으면 더 좋은 무공을 전수받겠지."

사호는 말의 갈기를 잠시 쓰다듬었다.

"결국 너 하기 나름인 거야. 환상이 큰지 현실이 대단한지."

왠지 내 속을 꿰뚫어 보는 듯한 말이라서 민망했다. 사호의 눈을 들여다 볼 때면 언제나 그런 느낌을 받는다.

"그러고 보니 사호 당신은 유극문에서 뭘 하고 지내는데요?"

지금까지 제일 궁금했던 것이다.

하지만 사호 말대로 사흘 동안 거의 쉬지도 않고 걷기만 했던 여정이 매우 힘들어서 말 꺼낼 기회가 없었다. 난 사흘 동안 사호가 땀방울 하나 흘리는 것도 본 적이 없다. 실력이 있다고는 생각하지만 어느 정돈지 잘 모르겠다.

"내가 문주."

그렇게 짧게 대답하고는 사호는 대충 현관으로 걸어 들어갔다. 잠시 후 안에서 우렁찬 인사 소리가 떠나갈 듯이 울렸다. 얼추 스무 명은 될 법한 장정들이 고개를 숙이고 있었다.

"문주님, 오셨습니까!!!!"

무협소설에서 봤던 내공이 실린 외침이란 게 이런 걸까.

아니 그것보다 문주라니?! 이게 무슨 소린가.

나는 흩날리는 나무 잎사귀 사이에서 얼떨떨한 표정을 지었다. 꿈이 아니란 걸 깨달은 건 현관 안쪽에서 사호가 빼꼼 고개를 내밀면서 내게 외쳤기 때문이다.

"안 오냐? 빨리 와 시간 없으니까!"

나는 말을 삼키면서 재빨리 뛰어갔다.

사건이 전개된다. 내 생각보다 훨씬 빨리.

무슨 일인지 아직은 잘 모르겠지만, 갑자기 정신이 없어지는 걸 보면 한 가지 사실은 확실하다. 나는 호랑이 굴에 발을 들여놓았다는 사실이다.

허둥지둥 따라 들어간 실내에는 많은 사람들이 도열해 있었다. 대부분이 사내였고 간간이 여자도 보였다. 나이는 청장년층이 대부분이었고 늙은 사람은 거의 보이지 않았다.

낯선 환경 때문에 긴장해 있는데다가 나처럼 어린 사람이 없으니 더욱 환장할 노릇이었다.

"야, 따라와."

사람들의 시선을 헤치고 재차 사호가 나를 불렀다. 나는 그녀의 뒤를 따라서 복도를 걸으면서 생각했다.

어째서 내 또래가 없는 거지?

그러자 물어보지도 않았는데, 앞서서 당당하게 걸어가

고 있던 사호가 말했다.

"참고로 우리 문파에서 너랑 나이가 비슷한 건 아마 나뿐일걸. 대부분 수련한지 최소 오 년은 된 사람들이야. 어린 기재(奇才)들은 아무도 유극문에 안 들어오려고 해서 말야."

"네?"

나도 모르게 사호에게 존댓말을 쓰고 있다. 나의 비굴한 본성은 상대방이 문주라는 걸 인식한 순간부터 알아서 기고 있었다. 하지만 그 사실에 슬픔을 느낄 틈도 없이, 사호는 사람이 없는 복도로 접어들자 말을 이었다.

"쉽게 말하자면 목숨 아까운 줄 알면 다른 문파에 간다는 소리야."

"여기서 수련하면 머지않아 죽기라도 합니까?"

목숨이라고 해도 실감이 나지 않는다. 나는 농담하듯이 한 말이었지만, 사호는 뒤를 돌아보며 고개를 끄덕였다.

"잘 아네. 다들 그럴 가능성이 높다고 보니까."

"……."

이거 대체 어떻게 돌아가는 거지? 만일에 사호의 말이 사실이라면 진짜로 호랑이굴에 한 발짝 들여놓은 셈이다. 내가 조심스럽게 사호의 뒤를 따라서 걸어가다 보니 사호가 갑자기 걸음을 멈췄다. 그녀는 호화롭게 꾸며진 방 한

가운데를 물끄러미 바라보고 있었다.

절제된 방 가운데에 누군가가 있다.

귀빈을 대접하는 곳인지 비취로 된 장식이 놓여 있었고 명공(名工)의 솜씨로 만들어진 고풍스런 가재들이 있었다. 의자에는 웬 청년이 앉아 있었는데, 전신이 울긋불긋한 근육으로 터질 것처럼 보였다. 왼쪽 뺨에 길게 째진 상처가 있는 사나운 인상의 청년이 사호에게 손을 흔들었다.

"아아, 유극문주 사호! 오랜만이오."

"반갑네요. 천휘문(天輝門)의 소문주님."

사호는 짐짓 밝게 말했지만 어쩐지 말투에 가시가 박혀 있었다. 소문주라고 불린 청년은 껄껄 웃더니 찻잔을 들었다.

"편하게 장 가가라고 부르시오. 곧 같은 방을 쓸 사이가 아닌가?"

스윽.

사호의 얼굴이 굳어졌다. 그리고 사호의 가녀린 손이 앞으로 향했다. 잠깐 동안 사호의 손에서 시퍼런 기운이 새어 나오는 듯하더니, 벼락처럼 튕겨 나갔다.

청년은 눈썹을 꿈틀대더니 차고 있던 만곡형의 도(刀)를 빗겨 세웠다.

청년은 갑자기 놀란 표정을 짓더니, 지금까지와 달리

사나운 표정을 지었다. 그는 씹어뱉듯이 중얼거렸다.

"무공이 좀 늘어난 모양이군. 하지만 그런 태도가 우리 대화에 좋을 건 없을 텐데."

"장현익(長顯溺). 무례한 언사도 좋을 건 없다고 생각해요."

장현익은 어깨를 으쓱했다. 명백히 꿀릴 게 없는데 어쩔 수 없이 사과한다는, 보는 사람으로 하여금 기분이 나빠지게 하는 태도였다.

"이런! 기분이 나빴다면 사과하겠소. 그보다 와서 얘기 좀 하지?"

"무슨 얘기를 하겠다는 거죠?"

사호는 어느새 한쪽 손을 허리춤의 검으로 가져간 상태였다. 그녀는 당장이라도 검을 뽑을 기세였는데, 장현익은 사호의 기세 때문인지 자신도 도병에 손을 가져가고 있었다. 지켜보고 있던 나는 신기한 구경거리 때문에 약간 들떠 있었다.

'저게 무협소설에서 보던 무형지기(無形之氣)라는 걸까?'

그래 바로 이거야! 이래야 무협이지!

지금 전개되는 두 사람의 기싸움이, 책에서만 묘사되었던 고수들의 대결인 걸 알자 흥미가 생겼다. 내가 직접 저런 싸움을 하고 싶은 게 아니다. 그저 재밌게 읽었던 게 실제로 현실에 있다는 걸 확인하는 작업이 재밌는 것이다.

장현익이 불편한 기색을 숨기지 않았다. 어찌 보면 그의 실력이 사호에 비해 밀리는 듯했다.

"사호 그대도 알다시피 명분은 우리 쪽에 있지. 전력(戰力)도 명백히 우리가 우세해. 쓸데없이 서로 피를 흘리느니, 기분 좋게 싸움을 마무리하는 게 좋지 않겠소?"

사호는 조용히 장현익의 말을 듣고 있었다. 얌전히 수긍하는 것처럼 보였지만 전혀 아니었다. 사호 옆에 있던 나는 그녀의 눈에서 사나운 맹수 같은 거친 기운이 끓어오르는 걸 보고 깜짝 놀랐다.

"명분이라…… 정말 괜찮은 명분이 뭔지 가르쳐 드릴까요?"

피잉!

"크악!"

다음 순간, 얇은 파공음과 함께 장현익이 비명을 질렀다. 그는 땅바닥을 두 바퀴 구르다가 재빨리 일어섰는데, 잘 보니 그의 양쪽 어깨에 하나씩 두 개의 손가락만한 구멍이 뚫려 있었다. 전혀 눈에 보이지도 않았는데 어느새 공격받은 것이다.

하지만 나는 딱히 놀라서 소리를 지르지 않았다. 왜냐하면 무협소설에서 자주 보던 장면이기 때문이다. 분명히 이런 상황이면 사호가 장현익보다 한 수나 두 수쯤 위인 거겠지. 이 정도에 놀라면 무협소설 애호가의 이름이 운다.

"이 자리에서 당신 목을 쳐서 천휘문주에게 돌려보낸다. 피로 피를 씻는 전쟁 개시 신호로는 제격이죠."

"미, 미쳤군! 진짜 싸울 셈인가!"

장현익은 수치과 굴욕 때문에 얼굴이 시뻘겋게 변해 있었다. 그는 어깨를 부여잡으며 외쳤다. 어째 전형적인 삼류 악당처럼 보였다. 이것도 딱 무협소설처럼 보였다.

"우리 뒤에는 호북 최강의 귀검(鬼劍)이 있다! 현실 파악이 안 되나? 약하면 주제를 알라고!"

"어머, 그런가요?"

사호는 생글생글 웃더니 뒷짐을 졌다. 그녀는 시라도 읊을 양 빙글빙글 제자리에서 돌면서 태연하게 말했다.

"귀검은 확실히 강해요. 호북 일대에서 검 하나로 따지면 무당 장로도 목숨을 걸어야겠죠. 아버님께서 아직 살아 계셨어도 두려운 상대인 건 틀림없어요."

"그, 그래. 이제야 말귀를……."

"하지만 그건……."

피잉!

다시 한 번 파공음이 울렸다. 이번에는 장현익의 오른쪽 검지 손가락이 떨어져 나가고, 허벅지에 기다란 상처가 났다. 너무 검이 빨라서 그는 방어할 엄두도 못내는 듯했다.

"끄아아악!"

"귀검이 강한 거지, 니새끼들이 강한 건 아니잖아요? 병신 같은 자식!"

사호의 웃음은 그치지 않았다. 그녀는 여전히 만면에 미소를 띤 채 말을 이었다.

"게다가 알아서 지옥에 기어들어 오다니 확실히 머리도 없는 놈이군요."

그제야 장현익은 사호가 진심으로 그를 쳐 죽이거나 인질로 쓸 생각이란 걸 깨달은 듯, 자신의 호위를 불렀다.

"제길! 천휘십검(天輝十劍)!"

내공이 돋우어진 목소리라서 방을 쩌렁쩌렁하게 울렸다. 아마 건물 밖까지 울렸을 것이다.

'시작하는 건가?'

나는 이제야 제대로 된 무림인들의 집단 전투가 개시되는가라고 생각하니 약간 흥분되었다. 나 자신의 생사는 둘째치고, 책에서만 보던 게 실제로 이뤄진다는 게 기대된다.

"……천휘십검!"

하지만 한참을 기다려도 천휘십검이란 자들은 찾아오지 않았다. 장현익은 다시 한 번 외쳤지만, 여전히 반응은 없었다.

사호의 공격 속도라면 지금까지 그를 서너 번은 죽이고 남았을 것이다.

장현익이 얼빠진 표정으로 앉아 있자 사호의 웃음이 짙어졌다.

"생각은 있었겠죠. 천휘십검으로 자신의 안위를 도모하고 적당히 협박하면 내가 굴복해서, 강간이나 다름없는 혼례를 할 거라 생각한 거죠?"

섬뜩해졌는지 장현익이 죽어라고 비명을 질렀다.

"왜, 왜 안 오는 거냐…… 천휘십검! 천휘십거엄!!!"

"소용없죠."

사호가 한숨을 쉬었다.

"정말이지, 아버님이 살아계셨을 때가 그립네요. 이런 병신들까지 도전해 오다니……."

"무, 무슨 소리냐 계집!!"

"천휘십검 따위로 유극문의 심장부에서 살아 나갈 수 있을 거라고 생각한 건가요? 중원 최강을 가리는 검성전(劍聖戰)에 출전해서 살아남은 실력자들을 너무 얕본 거 아닌가요?"

휘익!

그때 네 명의 인영(人影)이 소리 소문 없이 장내에 내려앉았다. 말 그대로 그림자에서 튀어나온 것처럼 기척이 전혀 느껴지지 않았다.

이것만은 무협소설이 과장이 아니라고 생각하며 내가 살짝 감동하고 있을 때, 제일 왼쪽에 있던 죽립의 사내가 다소곳이 사람의 목을 바닥에 내려놓았다.

목의 주인을 확인하는 순간 장현익의 표정이 절망으로 물들었다. 죽립사내는 부복한 채 사호에게 보고했다.

"문주님. 천휘십검 전원 참살했습니다."

"잘했어, 제갈휴(諸葛休). 부상자나 사망자는?"

"모욕적이군요."

"뭐가?"

사호의 반문에, 제갈휴라 불린 사십대 중년 사내는 진심으로 기분 나쁜지 인상을 찡그렸다.

"이런 쭉정이들 따위에게 사망자가 나올 리 없잖습니까. 무시하시는 겁니까?"

"그런 건 아냐. 문주는 늘 아랫사람을 관용과 배려로 살펴야 하지."

"예의상이라는 겁니까?"

"그런 셈이지."

가볍게 넘겨 버린 사호가 장현익을 쳐다보았다. 장현익은 싸우다가 죽을 결심을 굳혔는지 자신의 도를 뽑아서 확실히 전투 자세를 잡고 있었다. 부상은 심했지만 확실히 무공을 익혔다면 단숨에 당하지는 않을 것이다.

스르릉!

사호가 처음으로 자신의 검을 뽑았다. 그녀의 눈이 살기로 번득였다.

"주제도 모르는 병신님. 곧 당신 아버님도 황천으로 보내 드리죠. 감격의 부자 상봉 어떤가요?"

"큭!! 웃기지 마라! 내가 그리 쉽게 당……."

슈칵, 하고 소리가 울렸다. 그리고 눈 깜짝할 사이에 사호의 신형이 섬섬옥수와 함께 흔들리더니 장현익의 목을 베어 버렸다. 말 그대로 전광석화 같은 속도라서 나는 눈 깜박해 보니 모든 상황이 끝나 있었다.

"이게 유극검(有極劍) 오절(五絶). 과분한 줄 아시죠."

나중에 알게 되었지만 유극검의 오절을 익히게 되면 구파일방 중 점창파의 쾌검(快劍)에 비교해도 뒤지지 않는다고 했다. 떨어지는 장현익의 목을 손으로 잡아챈 사호가 갑자기 내팽개쳤다. 진심으로 혐오감이 느껴졌다.

퍽!

"더럽군. 이 목을 소금에 절여서 천휘문주에게 보내. 천휘십검의 시체는 개밥으로 주고."

"네. 문주님."

제갈휴를 비롯한 네 사람은 곧 장현익의 시체를 수습해서 사라졌다. 나는 일단의 과정을 지켜보면서 마치 경극을 보는 듯한 기분이 들었다. 너무나도 구도가 잘 짜여 있어서, 보면서 재미밖에 못 느낀 것이다. 솔직히 말하자면 장현익이 좀 더 버텨 주기를 바랐는데 아쉬웠다.

난 언제나 관전자로 남아 있고 싶다.

갑자기 시선을 느껴서 옆을 돌아 보았다. 사호는 나를 묘한 표정으로 바라보고 있었다.

"아무래도 내가 사람을 제대로 골라온 거 같은데? 재밌네."

"뭐가 재밌어요?"

"아하하! 그냥 다 재밌네~"

갑자기 깔깔 웃던 사호가 말했다.

"이 자리에서 입문식(入門式)을 하자. 곧 천휘문하고 한판 붙겠지만 입문식 정도는 해야 무공을 가르쳐 줄 명분이 서잖아?"

"한판 붙는다뇨?"

나는 설마하는 심정으로 반문했다. 나쁜 예감이 든다.

"저도 나가서 싸우나요?"

절대 바라지 않는 일이다. 그러자 사호는 무슨 말을 하냐는 듯한 표정으로 말했다.

"다 싸우는데 너만 빠지게? 무슨 얌체 같은 발상이니?"

"아니 그게 아니라……."

"싸우다가 죽어도 좋으니까 열심히 해 봐."

"……."

이런 뜻이었나? 이래서 죽을까 봐 어린애들이 안 온다는 뜻이었던 건가!

내가 멍하니 서 있는 동안에 사호는 밖에서 장로(長老)라는 사람들을 불러오는 모양이었다. 그리고 밖으로 나가면서 내게 엄포를 놓았다.

"맞다. 입문식한 다음에는 나한테 절대 반말하면 안 돼."

"한 적 없습니다만……."

칼을 들이미는 인간한테 어떻게 나같이 소심한 사람이 반말을 할 수 있을까. 사호가 뾰로통한 표정을 지었다.

"넌 간이 배 밖에 나왔으니까 충고해 둔 거야."

"나원 참."

"새겨들어."

이어지는 말에 나는 그냥 쓴웃음을 지었다.

"붕 뜬 것처럼 기분 좋은 것도 한때야. 지켜보고만 있다가는 호된 꼴을 당하겠지."

어쩐지 정곡을 찌르는 말이라서 아무런 대답도 하지 못했다.

# 2.
## 유극문(有極門)

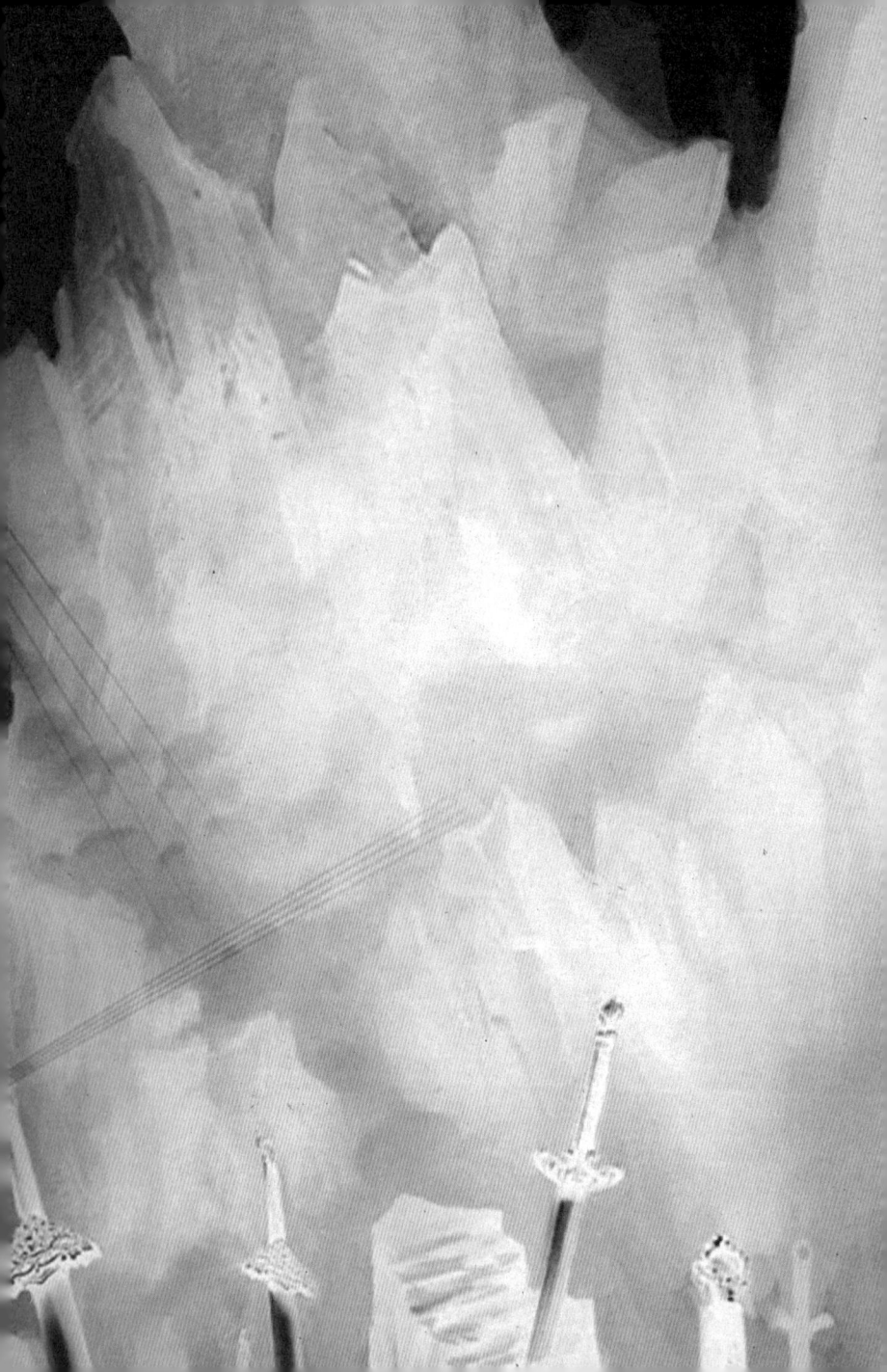

유극문도가 입문식을 할 때는 유극문의 장로 두 명 이상이 참관하고, 문주가 마무리를 한다. 입문식이라고 해도 별다른 건 없었다. 평제자가 아니라 견습일 때는 특정한 스승이 정해지지 않으므로 구배지례는 조사의 위패에 행하고, 장로에게 세 번 절한다. 그리고 문주가 힘 내라는 말 한마디를 하면 끝인 것이다.

전통 있는 명문답지 않게 매우 간단한 과정이다.

장로로 온 사람은 세 명이었다. 한 사람은 아예 방립으로 얼굴을 통째로 가린 채 키가 작은 사람이었다. 그리고 키가 멀대처럼 큰 사람, 삼십대 중반쯤 되어 보이는 아리

따운 여인이 있었다. 이남일녀(二男一女)로 이뤄진 장로
들은 딱히 나를 주목하지 않는 기색이었다.

방립으로 얼굴, 아니, 상반신의 반을 가린 자가 말했다.

"장로(長老) 태월하(泰月河)다."

키가 멀대처럼 크고 얼굴이 대추처럼 붉은 사람이 말했
다.

"장로(長老) 성구몽(成求夢)이다."

초중년의 아리따운 미부(美婦)가 살포시 웃었다.

"장로(長老) 채은(蔡恩)이에요."

다들 개성 있는 외모라서 한 번 보면 잊을 수 없을 것
같았다. 장로라고 하는데 다들 오십 대를 넘는 노인은 없
어 보였다.

'무공을 익히면 정말로 잘 안 늙나 보네.'

나는 위패에 구배지례를 한 후, 그들에게 각자 세 번씩
절을 한 후, 문파원의 증표로 동패(銅牌)를 받았다. 마지
막으로 문주인 사호가 나와서 나를 쳐다보았다.

"유극문에 입문한 걸 축하해. 그럼 바로 본론으로 들어
가자."

"……?"

"태오. 장로 세 분 중 하나를 직계 스승으로 정해라."

나는 어리둥절했지만 나보다 장로들의 반응이 더욱 격

했다. 태월하는 방립을 조금 들어서 유극문주 사호를 바라보았다. 그리고 성구몽은 팔짱을 끼고 못마땅한 표정을 지었고, 채은이라는 미부는 "어머!"하면서 손을 입에 갖다 대었다.

곧 거대한 방립을 눌러쓴 태월하가 통명스럽게 말했다.

"문주. 그런 특혜(特惠)를 베풀 이유가 있소? 그리 똑똑한 놈으로 보이진 않는데."

"뭐가 특혜죠? 근 팔 년 내 입문한 유극문도 중에서 견습 과정을 통과 못한 사람은 한 명도 없는 걸로 아는데요."

"이런이런……"

사호의 말인즉, 어차피 일 년의 견습 기간은 유명무실하니 바로 장로의 가르침을 받게 하자는 뜻이다. 사호의 반박에 태월하가 입을 닫자, 성구몽이 그를 대신해서 말했다.

"아랫놈들의 시선 따위가 두려운 게 아니오, 문주. 우리는 우리의 절학(絶學)을 별 볼일 없는 놈에게 전수하고 싶지 않소. 전대 문주께 반해서 유극문에 뼈를 묻기로 했으나, 이것만큼은 양보할 수 없는 자존심이오."

"……그랬죠."

사호가 조용히 말했다.

"세 분께서는 원래 강호를 주름잡던 분들. 그래서 지니신 무공은 유극문의 것과 원래 다르시죠. 아버님께서도 의리로 거두셨으니, 딸인 제가 그 점을 왈가왈부할 순 없습니다."

사호가 약간 고개를 떨구자 태월하가 미안한 듯 말했다.

"그대의 역량을 폄훼하는 게 아니오, 문주. 단지 우리에겐 이 태오라는 꼬맹이가 그만한 자질을 지니고 있는지 확신할 근거가 필요하오."

"그렇군요. 흐음 어쩐다······."

사호는 고민했다. 아무래도 그녀는 나를 장로 밑의 제자로 붙여 주고 싶은 모양이었다. 자기 맘대로 내 인생을 바꾼 데 대한 죄책감인 건가? 별로 고맙지는 않다.

그러자 지금까지 조용히 있던 채은이라는 여자 장로가 살포시 웃으면서 부채를 꺼냈다. 그리고 나를 부채로 가리켰다.

"문주. 이건 어떤가요? 우리들 중 한 명이, 딱 일 년만 저 아이를 가르쳐 보는 거예요. 그래서 재능이 마음에 든다면 계속 가르치고 아니면 그냥 평제자 신분으로 살아가게 하는 거죠."

"난 이견 없소."

"나도 그 정도라면 양보 가능하오."

태월하와 성구몽이 채은의 말에 찬성하고 나섰다. 그들은 왠지 사호의 말을 들어주고 싶어하지만, 당장은 장로로서의 역할을 중요시하는 듯했다. 사호는 기쁘다는 듯이 볼에 보조개가 파이게 웃었다.

"네 감사해요! 그럼 태오. 어떤 분을 스승으로 모시고 싶어?"

"흠, 저는……."

나는 잠시 생각했다. 왠지 짜증이 나기 시작했다.

그리고는 싱긋 웃으면서 미친 소리를 했다.

"셋 다 싫습니다!"

"……."

장로 세 사람은 물론 사호까지 벙 찐 표정을 지었다. 당황스러운 분위기가 좌중을 휩쓸었다. 그들에게 번지는 감정은 분노보다는 황당함과 의문인 듯했다. 제일 먼저 정신을 차린 건 태월하 장로였다.

"아이야. 넌 아직 어려서 잘 모를지도 모르지만, 이건 기회란다. 우리도 문주님이 아니면 천하의 그 누가 부탁해도 제자로 들이지 않아. 사실 나보다는 성구몽 장로님과 채은 장로님이 더 그렇지."

"그치만 말이죠."

태월하 장로가 자상하게 어르는 듯한 말에, 나는 퉁명
스럽게 대답했다.

"전 사호 문주님한테 아무것도 빚지기 싫기 때문입니
다!"

이건 진심이다.

무협소설이고 뭐고 때려치고, 진짜로 저 사호한테는 빚
지기 싫다.

"뭐?"

"유극문에 따라온 것까지는 어쩔 수 없는 빚이라고 하
지만, 이후의 행동까지 빚지긴 싫습니다. 전 그냥 평제자
로 살고 싶습니다만."

미친 소리를 하는 까닭은 이미 반쯤 미쳤기 때문이다.
책에서만 보던 무협의 세계가 눈앞에 닥쳐오자 현실감이
들지 않아서, 아무 말이나 주워 내뱉고 있는 상태였다. 훗
날 이게 도움이 되는 선택이란 걸 알게 되었지만 지금 당
장은 그냥 감정에 겨워서 자기 말에 취하기 시작한 것이
다.

"호오, 빚이라……."

내 말에 성구몽 장로가 흥미롭다는 듯 수염을 쓸었다.
채은 장로는 불안한 눈으로 성구몽 장로를 돌아보더니 부
채를 쫙 펼쳐서 자신의 입을 가렸다.

"확실히 빚이긴 하겠구나. 하지만 아이야. 사호 문주의 성격상 지금 같은 부탁은 태어나서 해 본 적이 한 번도 없는 사람이란다. 아무리 천휘문과 항쟁을 앞두고 있어도 겨우 입문제자 하나 때문에 장로에 부탁을 한다는 건 굉장한 호의야. 원래는 경력 십 년 이상의 유극문 사범이 무공을 지도하거든."

"무슨 차이가 있죠?"

내 반문에 채은 장로가 당황해했다. 내가 생각해도 너무 공격적인 어조였다.

"흠?"

"머지 않아 천휘문과 붙을 건데 수련 시간이 얼마나 될까요. 저 같은 꼬마가 짧은 기간에 무공을 배워 봤자 큰 차이 안 날 겁니다. 장로한테 배운다고 해도요. 그래서 기왕 하는 김에 빚을 안 지는 방향으로 선택한 겁니다."

"크하…… 하하하하!!!"

갑자기 성구몽 장로가 대소를 터뜨렸다. 그는 붉은 얼굴을 내 앞으로 쭉 들이밀면서 마치 협박하듯이 말했다.

"그러니까 네 말은, 앞으로 한 달…… 아니, 두 달 동안 우리에게 아무리 배워도 안 배운 것만 못하다, 그렇게 받아들여도 되는 게냐?"

나는 크게 고개를 끄덕였다. 실제로도 그렇게 생각하기

때문이다. 겁이 없으면 뭔 말을 해도 무섭지 않다.

"네."

"크하…… 크하…… 그하하하하하핫!!!"

성구몽은 아직도 웃고 있었지만 장내의 분위기는 달라져 있었다. 성구몽과 달리 태월하와 채은은 그저 싸늘하게 나를 바라보고 있었다. 다만 그들 또한 내 말에 불쾌감을 느낀 기색이 역력했다. 성구몽도 지금 웃는 게 절반쯤은 분노와 어이없음이 섞여 있었다.

성구몽이 좌중을 둘러보며 말했다. 그의 목소리에는 은근한 분노가 깃들어 있다.

"태월하. 채은. 내가 이 꼬맹이한테 본때를 보여주고 싶은데 어떤가?"

옆에 앉아 있던 태월하가 안광(眼光)을 푸르게 빛냈다.

"그렇겐 안 되죠 형님. 이놈에게 육의육신류(六意六神流)의 위대함을 보고 통곡하게 하고 싶은데요."

"두 분 어른스럽지 못하네요. 다만 저도 약간 화는 나네요."

왠지 모르게 태월하와 채은까지 열의를 불태우는 상황에, 사호가 고개를 절레절레 저었다. 그녀답지 않게 질렸다는 기색이었다.

"태오 대단하네. 강호 누구도 세 치 혀로 장로분들을

경동시킬 순 없을 거야."

"잠깐잠깐, 이야기가 이상하게 되는 것 같은데……."

나는 급히 손을 저었다. 세 사람의 은근한 살기가 내게 와닿자, 정신이 확 들었다. 조금 전까지 내 말에 취해서 멋진 척하고 있었는데 생사(生死)의 문제란 걸 깨달아 버린 거다.

"사실이 그렇잖습니까? 겨우 두 달 동안에는 아무것도 안 변합니다."

"허허. 참 부정적인 놈이군. 그건 네 생각이고."

내 항변은 씨도 먹히지 않았다. 나는 강호에서 누구도 제정신이면 하기 힘들 정도로 완벽하게 절정고수들의 자존심을 도발해 버린 것이다. 성구몽 장로가 웃으면서 사호에게 말했다.

"문주. 내 부탁하겠네. 이 녀석, 나 좀 줘 봐."

"불안한데요. 가르치는 척하면서 죽여 버리시는 거 아니에요?"

"아냐. 안 죽여."

간절한 성구몽 장로의 말에 사호가 못 믿겠다는 듯 팔짱을 꼈다.

"그럼 불구를 만드시겠죠."

"음…… 고민은 되지만 불구도 안 만들 거야."

"정말이죠? 폐인도 안 만드시는 거죠?"

"허허. 의심이 많군. 난 언제나 제자를 사랑으로 대한다네."

"그럼 믿을게요."

사호의 말이 떨어지자, 좌중의 네 사람은 이미 성구몽 장로가 내 스승이 되는 사실을 확정해 둔 듯한 분위기였다. 갑작스럽게 상황이 바뀌자 나는 손끝이 떨렸다. 그리고 이건 뭔가 아니라는 생각이 자꾸만 들었다.

나는 그냥 이 불편한 자리를 벗어나고 싶어서 살짝 도발한 것뿐이었는데, 어쩐지 급작스레 이야기의 중심으로 끌려들어 가고 있지 않은가.

"저기……."

내가 조심스럽게 성구몽 장로를 바라보자, 그는 손을 원형으로 세 번 저었다. 그리고 차주전자에 들어 있는 곡차를 손에 부어서 씻어 냈다.

"네게 받은 세 번의 절은 없던 걸로 했다. 새로 구배지례를 해라."

"……."

전혀 거절할 분위기가 아니다. 내가 잔머리가 잘 돌아가긴 해도 어린 농부의 아들일 뿐이라서, 고수들이 뿜어 내는 살기에 압도당해 버렸다. 나는 주섬거리며 조용히 아홉 번 절을 했다.

곧 입문식이 끝나면서 사호가 내 숙소와 기본 규율을 짤막하게 설명해 주었다. 자리가 파(破)하는 데는 반 식경도 걸리지 않았다. 태월하 장로와 채은 장로는 나를 스쳐 지나가면서 머리를 쓰다듬었다.

"안 죽이고 불구가 아니라도 사람은 쉽게 병신이 될 수 있단다."

차라리 저주를 해라.

나는 티는 내지 못하고 어색하게 웃을 수밖에 없었다. 태월하에 이어서 채은이 요염하게 웃으며 내 머리를 쓰다듬었다.

"아쉽네. 내 제자가 되었으면 재밌게 놀았을 텐데."

어떻게 논다는 걸까.

나중에 알게 된 거였지만 극음지공(極陰之功)을 익히게 하기 위해서 얼음장 물에 몇 시간이고 잠수시킬 생각이었다고 한다. 물론 성구몽 장로 밑에서 겪은 고난도 그에 못지않았지만, 생각할수록 치가 떨리는 말이었다.

곧 장내에 사람들이 다 떠나자, 나와 성구몽 장로만이 남았다. 성구몽 장로는 의외로 바로 엄한 얼굴을 하지는 않았다. 대신에 창 밖의 조그마한 일 층짜리 건물을 가리키며 말했다.

"태오. 저기가 바로 내 숙소이며 네 수련장이 될 곳이다. 넌 오늘부터 내 제자로서 쉴 틈 없이 성실극악하게 심신을 단련하게 될 것이란다."

"네? 극악(極惡)?"

나는 잘못 들었나 싶어서 반문했다. 그러자 성구몽 장로가 아차하면서 말을 정정했다.

"아니다. 성실잔멸(誠實殘滅)하게."

"……."

대체 왜 바꾼 걸까. 바꾸든 말든 별 차이가 없어 보이는데.

성구몽은 인자하게 다정하게 웃으며 내 머리를 쓰다듬었다.

"허허. 너무 겁먹진 마라. 문주님의 명령도 있으니 설마 천휘문과 싸울 때까지 '내 제자'에게 무슨 짓이라도 하겠느냐. 긴장 풀거라."

"넵, 사부님!"

잘 보이기 위해서 일단 씩씩하게 대답해 뒀다. 곧 성구몽 장로가 문을 나가면서 희미하게 흘린 말에 나는 몸이 굳어졌다.

"물론 그 이후는 책임 못진다만…… 망할 꼬마야."

나는 진작에 깨달았어야 했다.

무협소설에 나오는 이상으로 고수들의 자존심은 무식하게 자존광대하기 때문에, 강호를 살아가면서 절대로 건드려선 안 되고, 피해야 하는, 똥 같은 존재라는 것을. 이때 그 사실을 알고 있었다면 가만히 죽어 지내면서 편하게 살 수 있었을 거라는 후회를 나중에 많이 하게 되었다.

그리고 내게 곧 지옥이 찾아오기 시작했다……

                    *         *         *

다음 날의 일이었다.

나는 성구몽 장로의 제자로 들어가기 전, 하루 동안 다른 제자들과 만나서 이야기하고 오라는 명령을 받았다.

이상한 명령이다. 적어도 오 년 이상 수련한 유극문의 제자들과 내가 만나서 무슨 얘기를 하라는 건가? 서로 뜬금없는 일인 게 틀림없다. 나는 적지 않게 황당했지만 성구몽 장로가 내게 말했다.

"태오. 유극문은 도가계 문파가 아니라서 사승 관계가 그리 복잡하지 않다. 네가 장로의 제자든 문주의 제자든 직접적인 서열은 어쨌든 들어온 순이다. 즉, 지금 선배는 네가 죽을 때까지 선배!"

선배라는 말을 특히 강조한 성구몽 장로가 눈을 부릅떴

다. 또다시 은연중에 살기를 뻗쳐 내고 있었다.

"선배한테 인사도 못하는 놈따윈 유극문에 필요 없다!"

"네. 갔다오겠습니다."

잘 알겠습니다. 하지만 아무리 생각해도 좋은 소리는 못 들을 거 같은데…… 내 입장도 조금쯤은 생각해 주지 않는 건가.

나는 별수 없이 가시를 밟는 듯한 심정으로 유극문의 평제자들이 모여서 수련하는 연무전(練武殿)으로 향했다.

넓은 마당에는 약 오십여 명 정도의 사람들이 십열로 늘어서서 무공 동작을 반복하고 있었다.

부웅! 부웅!

이상한 것은 무협소설에 나오는(주로 소림사) 것처럼 검로(劍路)를 연습하면서 기합을 단 한마디도 외치지 않는다는 것이다. 심지어는 대열 정면을 마주 보고 서서 훈련을 감독하고 있는 사범조차도 팔짱을 끼고 침묵을 고수하고 있었다. 아니, 도리어 이 많은 사람들이 모여 있는데 칼 휘두르는 소리밖에 안 난다는 게 섬뜩하기까지 했다.

조용하지만 뜨거운 움직임이 공기를 메우고 있다.

'소설에서 봤던 거랑은 많이 다르네……'

나는 언제 대화해야 할지 감이 잡히지 않아서 멀리서 우물쭈물했다. 이 분위기에 들어가서 뭘 해야 한다는 말인가? 그때 사범으로 보이는 이십대의 준수한 청년이 나를 발견했는지 다가왔다.

그는 훗하고 웃으며 말했다.

"그래. 네가 이번에 들어온 태오라는 녀석이군. 선배들한테 인사하러 온 거냐?"

"네, 그렇습니다."

"잘 왔다. 안 왔으면 큰일 날 뻔했는데."

뭐가 큰일이 난다는 걸까?

속으로 궁금했지만 차마 되묻진 못했다. 원갑의 눈이 차갑게 가라앉아 있었기 때문이다.

"나는 유극문의 사범인 원갑(源岬)이다. 지금은 검진(劍陣) 기본형을 연습하고 있으니 저쪽에 앉아서 한 식경 정도 기다려라."

나는 원갑이 가리킨 곳으로 가서 쪼그리고 앉았다. 확실히 뒤에서 보니까 검진의 형태를 알 수가 있다. 다들 같은 호흡에 같은 동작을 하는데 박자가 한 번도 틀리지 않았다. 엄청난 연습을 해서 서로의 호흡을 맞추고 있다는 뜻이었다.

기합이 없는 이유는 당연하다. 실전에서 일일이 기합을 넣으며 싸우는 건 바보짓이다. 어차피 이 악물고 무호흡으로 칼을 휘둘러야 할 테니 미리 실전에 익숙해지는 것이다. 기합은 호흡의 폭발이기 때문에 함부로 남발하면 체력이 빨리 소모되기 때문이다.

이것도 무협소설에 봤던 걸로 추측한 거라서 확실하진 않지만 아마 그럴 거라고 생각한다. 나는 새로운 가설을 마음속에 묻어 두면서 흥미롭게 검진 수련을 지켜 보았다. 생각보다 무공이란 건 재밌을지도 모른다.

잠시 후에 다들 하단세 검초로 동작을 마무리했다. 사범은 검진 수련이 끝나자 각자 자유연습을 할 것을 지시한 후, 내 쪽을 바라보았다.

"아! 저기 뒤를 보면 새로 들어온 후배인 태오가 있다. 인사하러 왔으니 다들 반갑게 맞이해 주도록."

휙!

그 순간, 남녀 가릴 것 없이 오십여 명의 시선이 동시에 내게 날아와 박혔다. 나는 그만 쫄아서 직립 부동자세가 되어 버렸다. 이럴 때는 첫 인상이 중요할 거라고 생각하며 크게 외치며 인사했다.

"저는 유극문에 입문한 태오입니다! 선배님들 잘 부탁드립니다!!"

난 원래부터 그렇게 어두운 성격도 아니다. 있는 힘껏 소리를 내지르고 나자 속이 도리어 시원해졌다. 그러자 여기저기서 킥킥거리는 소리도 들리고, 알 수 없는 살기도 느껴졌다. 그들 중에서 한 명이 손을 들어서 사범 원갑에게 질문했다.

"사범님! 지금부터 배우면 소영검법(消影劍法) 기본형도 못 배울 텐데 괜찮을까요?"

"뭐가 괜찮겠냐는 거냐?"

"따로 가르쳐 줄 만한 사람이 없을 것 같습니다."

자신들 수련하기도 바쁘다는 말이었다.

원갑은 고개를 끄덕이더니 외쳤다.

"그건 걱정할 필요 없다. 태오는 오늘 인사차 온 거고, 내일부터 정식으로 성구몽 장로님의 직전으로 들어간다."

스악!

그 순간이었다.

왁자지껄, 조금쯤은 호의적인 분위기였던 장내가 갑자기 차갑게 굳어 버렸다. 절반쯤은 두려움과 공포, 나머지는 불신과 질투로 메워져 있는 분위기였다.

이제는 대놓고 나를 노려보고 있는 선배들도 있었다.

개중 나이가 많아 보이는 삼십대의 유극문 문도가 물었다. 그는 불신을 품은 표정이었다.

"정말입니까? 저 꼬마가 성구몽 장로님의 제자가 되는 것입니까?"

"그렇다."

웅성웅성!

이윽고 당혹감과 함께 문도들이 저마다 떠들었다. 부러워하는 자가 반이었고, 있을 수 없는 일이라는 자들이 반이었다. 이상한 것은 그중에서는 나를 측은하게 바라보는 사람도 있다는 것이다. 원갑은 짜증이 나는 듯 돌연 내공을 돋우어서 외쳤다.

"갈(喝)!!!"

거대한 외침과 함께 건물의 기와가 들썩거렸다. 그리고 땅도 약간이지만 흔들렸다. 고막이 그렇게 아프진 않은데 실제로 주변사물에 힘을 미치고 있었다. 원갑의 사자후에 수련생들이 조용해지자, 원갑이 단호하게 말했다.

"알다시피 장로들께서 제자를 받아들인 건 태오가 최초다. 너희 중에는 장로분들의 위명에 이끌려서 입문한 자도 있으니, 충격이 있으리라고 본다. 하지만 그렇다고 해서 선배로서 추한 모습을 보이지 않도록!"

"네."

"그럼 오늘은 자유대련. 해산!"

"감사합니다!"

원갑은 그 말이 끝나자 어디론가 가 버렸다. 그리고 장내에는 나와 선배들만 남게 되었다. 나는 오십여 명이나 되는 선배들을 앞에 두고 어떻게 해야 할지 감이 잡히질 않았다. 눈치 빠른 내 생각에, 선배들은 마냥 내게 호의적인 게 아니다. 아까 대놓고 노려보던 사람들이 있으니 섣불리 행동하면 큰일이 난다.

'어쩐다? 그냥 튈까?'

망할 사범! 대책없이 내가 장로의 제자라는 말만 하고 사라지다니 뭐 어쩌란 거냐! 하다못해 사범이 이 자리에 남아 있었다면 어떻게든 이 자리를 벗어났을 텐데. 마치 사자무리에 던져진 양이 된 기분이다.

아니나 다를까 오십여 명의 사람들 중에 나한테 신경 쓰지 않고 자기 수련을 하는 건 십여 명에 불과했다. 나머지는 전부 내 쪽으로 우르르 몰려왔다. 식은땀이 갈수록 늘어나는 가운데, 나를 둘러싼 선배 중 한 명이 싱글싱글 웃으며 말했다.

"태오라고 했냐? 넌 혹시 성 씨냐?"

나는 급히 고개를 저었다.

"아뇨…… 그냥 태오입니다."

"그냥 태오?"

옆에 있던 사람이 중얼거렸다.

"평민이야. 그것도 농부의 자식 같군. 다리가 단단하고 몸이 억세 보이는데다 피부가 굉장히 많이 탔어."

"하긴 성구몽 장로님의 혈족이 농부일이나 하진 않겠지."

"……."

그들끼리 두런두런 나누는 대화에서, 내가 성구몽 장로의 가족인지 아닌지를 알아보는 모양이었다. 그리고 점차 그들이 뿜어내는 분위기가 심상치 않게 변해 가는 걸 깨달았다. 나는 약간 공포심을 느끼며 뒤쪽으로 물러섰다.

붉은 무복을 입은 여자 선배가 싱거운 듯 한숨을 쉬었다.

"그만해. 때리거나 혈도제압이라도 할 셈이야? 유치하네."

"설앵(雪鶯). 우리가 바본 줄 아냐? 장로의 제자를 건드렸다가 무슨 일이 생기려고."

내게 처음 시비를 걸었던 사람들은 설앵의 말에 고개를 저었다. 결코 그런 일은 없다는 태도였다.

'구라치네.'

하지만 나는 알 수 있었다. 설앵이라는 여선배가 한마디 해 주지 않았다면, 자기 감정을 못 이긴 사람들이 나에게 공격을 가했을지도 모른다. 그만큼 격렬한 질투의 감정이 느껴지고 있었다.

설앵이 내게 가까이 다가왔다. 귀찮은 것을 보는 듯한 눈빛이었다.

"꼬맹아. 인사는 됐으니까 당장 여기서 나가. 다들 신경 날카로우니까 네가 있으면 신경이 거슬려."

"네."

어찌 들으면 기분 나쁜 말이지만, 나는 설앵에게 고마움을 느꼈다. 섣불리 떠났다면 어떤 트집을 잡혔을지 알 수 없다. 나는 너무 비굴해 보이지 않도록 조심조심 연무전을 나가려고 했다.

그때였다.

"잠깐! 꼬마야!"

좌중의 이목이 쏠렸다. 내가 고개를 돌리자, 성큼성큼 큰 걸음으로 다가오는 거구의 사내가 있었다. 척 봐도 강력한 외공(外功)을 익힌 듯 전신이 단단한 근육으로 둘러싸여 있었다. 주 무기는 검(劍)으로 보였다.

"네, 선배."

그는 얄팍한 미소를 지었다.

"이름이 뭐라 했지?"

"태오입니다."

"그래 태오. 여기까지 선배들을 보러 찾아왔는데 그냥 발만 아프게 하는 건 도리가 아니잖은가."

검로를 연습하던 설앵이 인상을 찡그리며 옆에서 외쳤다.

"관둬! 생각이 없는 거야, 낙무(酪務)?"

"설생. 넌 가만히 있어. 난 그냥 귀여운 후배랑 얘기할 뿐이니까."

거구의 사내의 이름은 낙무인 듯했다. 설생의 말을 일축한 낙무는 자신의 검을 들어서 자세를 취했다.

"태오. 유극문의 제일 기초가 되는 소영검법을 어느 정도 알고 있는가?"

나는 솔직하게 대답했다.

"전혀 모릅니다."

"엉? 몰라?"

"네. 배운 적이 없고 알지도 못합니다."

도리어 낙무가 당황한 기색이었다. 그는 내가 어느 정도 알고 있을 거라고 생각한 모양이다. 낙무뿐만이 아니라 이쪽에 관심을 기울이던 사람들도 이상하다는 표정이다.

그야 당연하다. 나는 며칠 전까지만 해도 그냥 무협소설 좋아하는 농부의 자식이었다. 소영검법이란 것도 지금 처음 듣는데 대체 뭘 기대한 거냐? 나는 내심 통쾌한 기분이 들었고, 낙무는 인상을 찡그렸다.

"……뭐 좋아. 그러면 내가 시범을 보여 주지."

휘이익!

갑자기 낙무의 신형이 크게 움직였다. 굉장히 빨랐지만

문주나 제갈휴라고 했던 사람들만큼은 아니었다. 그나마 눈으로 희끗거리는 걸 볼 수는 있는 정도였다. 낙무가 크게 검을 휘두르자 바람이 거세게 일어났다.

휘이이잉!

나는 낙무가 내 주변에서 맴돌면서 빠르게 검로(劍路)와 검식(劍式)을 혼합하는 걸 알아챘다. 무협소설에서 보면 이렇게 무림인이 오두방정을 떨면서 칼을 죽어라 휘두르는 건 그런 경우밖에 없는 것이다. 내가 멍하니 낙무의 행동을 보고 있으니 어느새 그의 행동이 끝나 있었다.

하단세로 칼을 내린 낙무가 뽐내듯이 말했다.

"이게 소영검법이다."

"아, 네. 그렇군요……."

뭐가 뭔지는 모르지만 일단 장단을 맞춰줘야겠다. 그러자 낙무는 내게 가검(假劍)을 던져 주며 웃었다. 가검은 날이 세워지지 않은 수련용 검이다.

"하하! 장로의 제자가 될 정도면 뛰어난 자질을 갖고 있겠지? 한 번 하는 데까지 소영검법을 따라해 봐라, 태오."

본격적으로 질투 나는 놈 물먹이기에 들어간 건가.

'이런 건 마을에서도 몇 번 겪었지. 무협소설이 아니라도 현실에서 흔히 있는 일이야.'

나는 대충 예상했던 흐름이기 때문에 당황하지 않았다. 어차피 낙무가 나를 골탕먹이려는 사실은 알고 있었고, 이 자리에서는 적당히 수치를 당해 주면 적당할 것이다.

그때 지켜보고 있던 설앵이 끼어들었다.

"애도 아니고 자꾸 유치하게 굴래?"

곱지 못한 눈으로 낙무를 노려보던 설앵이 한 손을 내게 내밀었다.

"야, 넌 할 필요 없으니까 가검 이리 줘. 빨리 연무장에서 나가."

잘 보니까 상당히 아름다운 사람이다. 인형 같은 외모는 아니지만 활기찬 생명력이 느껴지고 이목구비가 단정하게 되어 있었다.

"……"

설앵은 아무래도 수련생들이 나를 괴롭히려는 게 마음에 안드는 것 같았다. 나는 물끄러미 가검의 날을 내려다보았다. 얼마나 연습했는지 날이 무디게 닳아 있었다. 나는 짧게 한숨을 내쉬고는 말했다.

"해 보죠."

"뭐?"

"그래 해 봐!"

지켜보던 낙무의 입가에 미소가 맺혔다. 그리고 설앵은

곱지 않은 눈으로 나를 바라보았다. 알아서 무덤을 파는 걸로 보였을 것이다.

하지만 나는 심드렁하게 칼을 휘두르기로 했다. 이건 어디까지나 자존심 세우기의 차원이다.

왜냐하면 결과는 정해져 있기 때문에.

"뭐하는 거냐!!"

관전하던 수련생들이 깜짝 놀라서 화들짝 제자리로 돌아갔다. 낙무는 바싹 얼어 버렸고, 설앵은 자기는 모른다는 기색으로 고개를 돌려 버렸다. 커다란 사자후와 함께 등장한 원갑 사범은 낙무에게 호통을 치기 시작했다.

"괴롭히지 말라고 말했냐, 안 했냐!"

"죄송합니다."

이후로 낙무가 된소리를 듣는 동안에 나는 슬그머니 입구를 빠져나왔다.

내가 소영검법을 한 번 보고 다 외웠냐고?

설령 외웠다고 해도 무협소설에 따르면 웬만한 검법은 내공의 뒷받침이 없으면 온전히 시전할 수 없게 되어 있다. 처음부터 진지하게 상대할수록 지고 들어가는 이야기였다.

나는 어차피 무협소설의 줄거리 대로라면 내가 위기에 처하기 전에는 또다른 흐름으로 넘어간다는 걸 알고 있다.

좀 더 정확히 말하자면, 왠지 원갑 사범이 내 위기를 보고 싶어서 일부러 군중 사이에 떨어뜨려 놓은 느낌이 들었다. 당연히 내가 곤란해지면 원갑 사범이 질책을 들을 테니, 그는 당연히 일이 벌어지기 직전에 나타나서 태연하게 사태를 정지시킬 거란 생각이 든 것이다.

기왕 넘어갈 전개라면, 내 자존심을 세워두는 편이 낫지 않은가?

아니었다고 해도 상관없다. 사실 대충 보고 움직임 정도는 다 알 것 같았기 때문이다. 마을에서도 암기력 하나는 자신 있었던 게 바로 나다. 무협소설도 토씨 하나 안 틀리고 모든 내용을 외우고 있다.

나는 기지개를 켜면서 한숨을 쉬었다.

"후. 다시는 오기 싫다……."

어쩌면 나는 인생에 운이 별로 없는지도 모르겠다.

# 3.
## 수련(修鍊)

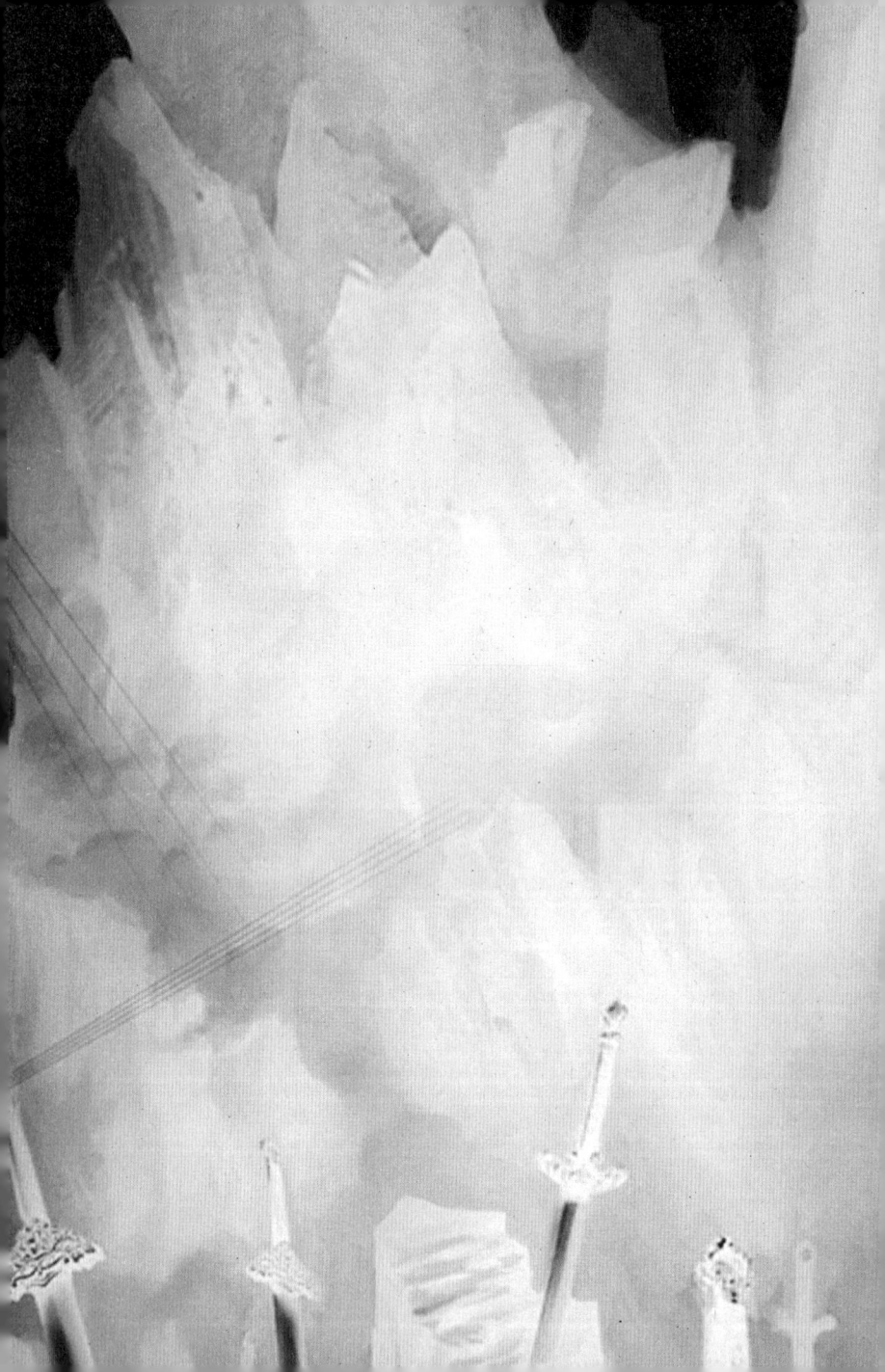

장로의 제자로서 제대로 수련을 시작한 건 날이 밝아오기 전의 새벽이었다. 잔뜩 긴장해서 눈이 따가웠지만 성구몽 장로는 아주 익숙하다는 듯, 천천히 밖으로 나왔다. 그는 내게 앉으라고 하고는 질문했다.

　　"제자야. 무공(武功)이 뭐냐?"

　　무협소설의 단골 질문이다!

　　나는 잠시 생각했다. 물론 무협소설을 통해 읽으면서 정립한 생각은 있다. 그러나 이건 [현실]의 무림. 소설에서 읽은 바를 어설프게 말해도 되는 것일까? 나는 잠깐 고민하다가 말했다.

"몸에 맞는 옷입니다."

역시 소설에서 느낀대로 말해야겠다. 환룡은 실제 무림인이니까 그가 보고 느낀 건 실제로 있었던 일과 일맥상통할 것이다.

"호오?"

내 대답에 성구몽이 한쪽 눈썹을 크게 치켜떴다. 그는 호기심이 생겼는지 재촉하듯이 말했다.

"어째서 그렇게 생각하지?"

"몸에 안 맞으면 입지를 못하고, 입어도 옷이 좋지 못하면 볼품이 나지 않고, 입은 사람이 별 볼일 없으면 옷이 쓸모가 없기 때문이죠."

"……!!"

성구몽이 엄청나게 놀라는 표정을 지었다. 아침부터 마치 똥이라도 씹은 것처럼 근엄한 표정을 하길래 오늘은 무게를 잡으려 했을 텐데, 어지간히 놀란 모양이다. 성구몽은 조심스럽게 말했다.

"너…… 혹시 다른 자에게 무공을 배운 적이 있느냐?"

"아뇨. 왜 그렇게 생각하세요?"

"검성전(劍聖戰)에서 만났던 '그자'가 하던 말과 너무 비슷하구나."

누군가가 나랑 비슷한 생각을 했던 모양이다.

그는 희미하게 미소를 지었다.

"일단 정답이라고 해 두겠다. 넌 의외로 뛰어날지도 모르겠구나."

첫 칭찬을 들었는데도 그리 기쁘지 않다. 의문이 마음속에 차 있기 때문이다.

검성전?

또 듣는 소리다. 그러고 보니 문주도 장현익이라는 자를 쓰러뜨릴 때 검성전을 언급했었다. 나는 진심으로 궁금해져서 질문했다.

"그러고 보니 검성전이 뭡니까? 문주님께서 '검성전에서 살아남은 실력자'라고 하던데."

"흠. 제갈휴를 비롯한 사검사(四劍士)들은 말 그대로 검성전에서 끝까지 살아남았다. 문주와 우리 장로들을 제외하곤 유극문에서 가장 강한 무인(武人)들이다."

고개를 끄덕이던 성구몽 장로가 말했다.

"아까 네가 말했던 것에 비유해서 설명하자면, 검성전은 [천하에서 누가 제일 옷을 잘 입었나]를 겨루는 장소다. 쉽게 말하자면 이십 년에 한 번씩 수도에서 중원최강(中元最强)의 무인을 가리는 대회인 셈이지."

중원최강!

단순한 단어지만 듣는 사람의 마음을 뜨거워지게 하는

뭔가가 있다.

"왜 하필 검입니까? 창이나 활이나 병기의 종류는 수백 가지가 넘을 텐데."

"딱히 검성전에 검사만 출전하는 건 아니다. 검성전이라고 부르는 이유는, 초대 우승자이자 설립자가 검을 썼기에 검성(劍聖)에 경의를 표하는 의미인 게지. 무기 종류는 무제한이다."

"……."

뭔가 억지스러운 느낌이 팍팍 들었지만 그러려니 하고 넘어갔다. 무인들은 뭔가에 미쳐서 살아가는 사람들. 그들이 생각하는 걸 일개 촌부의 아들인 내가 쉽게 이해할 순 없을 것이다.

"제갈휴를 비롯한 사검사들은 전대 유극문주의 직계 제자들이다. 십오 년 전에 검성전에 출전해서 지룡전(地龍戰) 팔강(八强)까지 올라갔지만 우승 후보와 만나는 바람에 탈락했지. 사검사 정도의 실력이면 당대 무림에서 쉽게 찾아보기 힘든 절정고수들이다."

"그렇군요."

"뭐, 결국 유극문주는 자기 딸에게 문주직을 넘겼지만……."

잠시 중얼거리던 성구몽 장로가 본론으로 들어갔다. 검

성전은 지금 그에게 큰 관심사가 아닌 듯했다.

"좋아. 그럼 지금부터 나는 네게 유극문 비전의 소영검법(消影劍法)과 유극신공(有極神功)을 전수할 거다. 그런데 만일에 익히다가 소영검법과 유극신공이 네게 [안 맞는 옷]이라면 어떻게 해야겠냐?"

"안 맞는다고요?"

"그래. 억지로 끼워서라도 입을 순 있겠지만 안 입느니만 못하게 되는 녀석도 종종 있다. 그럴 경우 넌 어떻게 하고 싶으냐?"

"……."

나는 망설였다. 확실히 무협소설에서도 무공을 익히다가 맛이 가거나 재능이 부족해서 절망하는 경우는 종종 있다. 내가 그 경우가 아니라고는 장담할 수 없는 것이다. 난 곧 대답했다.

"어쩔 수 있습니까? 그냥 익혀야죠."

"왜?"

"그렇다고 발가벗고 다닐 수는 없으니까."

푸하하하핫!

성구몽은 크게 웃음을 터뜨렸다. 그저께도 그랬지만 의외로 잘 웃는 성격인지도 모르겠다. 화통한 면도 있다. 성구몽 장로가 웃음을 멈추고 말했다.

"그래 맞다. 기왕 익히기 시작하면 평생(平生)을 무술에 바친다는 건 바로 그런 뜻이지. 도사나 승려들이 피의 대가 운운하면서 업(業)을 비판하는 건 결국 바보 같은 소리."

불끈하고 성구몽 장로의 손이 쥐어졌다. 무언가 강렬한 기운이 풍겼다.

"무공은 결국 힘! 힘은 정의! 이 기본 조건을 만족시킬 수 없다면 아무리 그럴듯한 말도 글도 쓰레기에 불과하다."

"네, 알겠습니다."

어째 하는 말이 마도(魔道)의 인물 같았다. 무협소설에서 읽은 바에 따르면 혈마(血魔)라는 호칭이 있으면 예외 없이 왕년에 사람을 좀 쳐 죽인 전적이 있다.

성구몽 장로가 말했다.

"문주는 두 달 후에 천휘문과 개전(開戰)할 거라고 했지만 그건 사실 우리의 희망 사항에 불과하다. 어제 천휘문에 소금에 절인 소문주 장현익의 목을 보냈으니, 천휘문 측에서는 당장에라도 쳐들어오려 할 게다. 도보로 칠 주야가 걸리는 거리라서 시간을 넉넉히 잡았을 뿐이야."

"그러면 한 달도 안 될 수 있단 말입니까?"

내 질문에 성구몽 장로는 탁자에 턱을 괴며 퉁명스럽게

말했다.

"한 달은 무슨…… 열흘 내에 공격해 올지도 모르지."

"……"

나는 앞으로 열흘 동안 장로의 무공을 배워서 문파 간 전쟁에 써먹을 수 있을 정도가 되어야 한다! 성구몽 장로의 말은 그런 뜻을 포함하고 있었다. 나는 이해는 했지만 하도 절망적인 상황이라서 정신이 멍해졌다.

이런 무협소설이 있던가? 기본적으로 수련할 시간 정도는 줘야 하지 않은가! 성구몽 장로가 큭큭 웃었다.

"흐흐…… 촌부의 아들인 네 녀석은 모르겠지만 천휘문은 귀검(鬼劍)의 도움을 제외하고도 세력이 막강하다. 정주 일대에서는 소림사 다음으로 커다란 문파지. 중원 전체를 통틀어서 구파일방(九派一邦) 이외에는 상대할 만한 세력이 매우 적다."

"그러면 저희 유극문은 얼마나 강합니까?"

"약해!"

철을 끊는 듯한 단정적인 어조에 나는 반문하고 말았다.

"예?"

"약하다고. 환령 지역이라고 해 봤자 겨우 두세 개의 고을을 합친 정도잖느냐. 여기서 제일 큰 문파라고 해 봤자 중원급으로 놀고 있는 천휘문에 비하면 세력이 절반도 안 되지."

"……."

난 아직 태어나서 환령을 벗어난 적이 없다. 그런데 환령 지역을 작다고 할 줄은 몰랐다. 내가 알고 있던 세계는 생각보다 작았던 것이다.

"아마 천휘문도는 최소 삼백 명 이상이고, 실력 있는 고수만 해도 삼사십 명은 될 거다. 검성전에 출전해서 인룡전(人龍戰)을 통과할 실력자도 내가 알기로 두 명이나 있다. 이놈들이 죄다 쳐들어 오면 악몽일 거다."

말이 삼백 명이지, 삼백 명에게 한 대씩만 맞아도 어지간한 사람은 반죽음이 될 것이다. 숫자의 두려움을 실감하고 나는 약간 떨었다. 곧 성구몽 장로가 한숨을 쉬었다.

"문제는 천휘문 말고도 여기저기에 원수 관계인 문파가 지천에 깔려 있단 게지. 전대 문주가 죽자마자 여기저기서 도발을 걸어오는 상황이다."

그 순간, 나는 문주의 말이 다시금 생각났다.


"어린 기재들은 아무도 안 들어오려고 해서 말이야."

"여기서 수련하면 머지 않아 죽기라도 합니까?"

"잘 아네. 다들 그럴 가능성이 높다고 보니까."

그 말은 과장없는 사실이었다.

무공에 관심 있고 재능 있는 영재(英才)들이 근 오 년 이내에 입문하지 않은 이유는 지당했다. 세력도 약한데 여기저기에 원한 관계가 많아서 지속적으로 공격받는 문파에, 도대체 누가 자식을 보내고 싶겠는가?

"……"

"뭐 방법이 없는 건 아니다. 난 태오 네 녀석을 열흘이면 쓸 만하게 만들어 줄 수 있어. 충분히 살아남을 수 있지."

성구몽은 킬킬 웃었다.

"지옥을 보면 충분히 가능해……"

지옥이란 무엇인가.

나는 바로 오후부터 시작된 수련에서 그게 뭔지 깨달을 수 있었다.

뚜벅뚜벅.

성구몽 장로는 나를 이끌고 건물의 지하 계단을 내려갔다. 본래 고수들은 경공을 익혀서 발소리도 나지 않는다고 들었는데, 그는 굳이 심력(心力)을 소모할 일을 하고 싶지 않은 모양이었다. 커다란 초가 곳곳에 있어서 은은하게 어둠을 밝혀 주고 있었다.

"앉아라."

성인 두세 사람이 지낼 만한 크기의 밀실에 도착하자 성구몽은 나를 맞은편에 두고 앉았다. 나는 혹시나 하는 기분이 두근두근해졌다.

'격체전공(隔體傳功)? 이건 분명히 그런 분위기 아닌가?'

스승이 지닌 내공을 제자에게 전해 주는 비술! 내가 생각하기에 일주일만에 강해질 수 있는 방법은 그것밖에 없다. 별 노력도 안 하고 공력을 손에 넣는다는 게 찝찝하긴 하지만 대단할 것 같다.

내가 기대 어린 눈으로 바라보자 성구몽 장로가 차갑게 웃었다.

"넌 지금부터 내가 뭘 할 것 같으냐?"

"잘 모르겠습니다."

"미리 각오해 두어라. 절대 중간에 그만두지 않으니까."

대체 무엇을 하는 것일까. 내가 긴장 때문에 침을 꼴깍 삼키자 성구몽 장로가 천천히 말을 이었다.

"당금 강호에는 수많은 천재(天才)들이 존재한다. 천재적인 초식 이해도나 천부적인 몸, 혹은 자기만의 경지를 개척해 버린 자들이다. 강호에선 흔히 그런 자들을 천인일재(千人一才)라고 부르는 편이다. 무림의 길에 몸을 담은 일천 명 중에서도 한 명 나올까 말까 한 재능의 소유자들이지."

"그냥 천재라고 하면 되지 않습니까? 왜 귀찮게 천인일재라고 따로 명칭을 붙이는 건지 모르겠습니다."

다소 건방져 보이는 딴지를 걸었지만 성구몽 장로는 화내지 않고 느긋하게 대답해 주었다. 그는 깐족거리는 성격을 그렇게 싫어하는 것 같지는 않았다.

"그냥 천재는 세상에 많다. 열 명 중에 하나 있는 수준도 평범한 놈에겐 천재지. 어차피 드넓은 중원에 그럭저럭 뛰어난 재능을 지닌 놈은 차고 넘칠 정도로 많다는 뜻이다. 그런 놈들 중에서도 단연 압도적(壓倒的)으로 천부적인 놈들을 천인일재라 하는 것이다."

"……."

"천재 중의 천재라고 할까? 재능 하나로 노력이 무의미해 보일 정도인 인간들이지."

그런 괴물 같은 인간이 정말 현실에 존재할까?

나는 의혹이 일어났지만 일단 참고 이야기를 듣기로 했다.

"참고로 우리 유극문에는 천인일재의 수준에 있는 천재가 딱 두 명 있다."

"누굽니까?"

"문주와 알타리(斡他理). 알타리는 유극문 사검사(四劍士) 중 한 명이다."

사호 문주야 할 말이 없다. 고강한 장로와 사검사들을 거느리려면 그 정도는 되어야 할 것이다.

천휘문의 소문주를 죽일 때 나타났던 죽립의 사내들 중 한 명이 알타리인 모양이다.

유극문의 서열은 문주, 장로, 사검사, 그 다음에 사범과 평제자인 듯하다. 나는 성구몽 장로가 무슨 말을 할지 몰라서 그저 고개를 끄덕이며 그렇구나 하고 생각했다.

"하지만 나와 태월하, 채은 세 사람은 그 정도의 재능을 지니지는 못했다. 젊었을 적에 문파에서는 나름 뛰어난 후기지수였지만 타고난 자들에 비할 바는 아니었지. 그럼 우리는 어떻게 해서 지금처럼 강해졌겠느냐?"

"잘 모르겠습니다."

"강호에서 천인일재를 타고나지 못한 자는 만인일귀(萬人一鬼)의 길을 걸을 수밖에 없다는 말이다."

만인일귀? 그리고 보니 문주가 그런 말도 했었다. 만 명 중에서 한 명은 귀신이 된다고 하는 강호의 격언이다. 하지만 천 명 중에 하나 있다는 기재를, 그렇지 못한 사람이 어떻게 쫓아간다는 말인 것인가.

성구몽 장로의 몸에서 은은한 혈광(血光)이 흘러나왔다. 내공을 운기하면서 저절로 빛이 흘러나오는 현상이었다. 그는 느릿하게 말을 이었다.

"나는 유극신공(有極神功)도 팔 성(八成)까지 익혔지만 실제 나의 독문절학(獨門絕學)은 사룡광마혈(死龍光魔血). 삼십여 년 전, 사룡광마혈의 전승자는 나를 포함해서 세 명이 있었으나 십 성 공력까지 완벽하게 익힌 건 오직 나밖에 없었다. 내 사형들은 모두 천인일재의 재능이 있었음에도 말이다."

"네? 어떻게 그럴 수가 있습니까. 그들의 재능이 더욱 탁월할 텐데."

성구몽는 미미하게 흉소(凶笑)를 지었다.

"무림의 세계에서 절정(絕頂)의 수위까지는 재능이 압도적인 영역을 차지한다. 그러나 세상 누구도 예외 없이 거기서 벽에 부딪히지. 거기에서 인격(人格), 감정을 모조리 말살한 심연(深淵)을 헤쳐 나온 자만이 한계를 돌파할 수 있다. 하지만 이 과정에서 겪게 되는 고난과 구차함은 상상을 초월한다."

"……"

나는 불안함을 감추지 못했다.

"심연에서 빠져나오기 위해서는 지옥을 건너야 한다.

천재라 불리는 자들은 세월이 지나면 자연스럽게 빠져나올 수렁을, 자신의 손으로 헤쳐 나가는 것이다. 그 엄청난 노력을 가리켜서 만인일귀(萬人一鬼)라 한다."

이런 이야기는 무협소설 어디서도 본 적이 없다. 환룡 작가조차 한 줄도 적어 놓지 않은 것이다. 심연이나 지옥을 언급할 정도로 연속되는 수련의 고난. 분명히 무협 주인공들의 삶에서 흔히 볼 수 있는 건 아니다.

내가 불안해하거나 말거나 성구몽가 말을 이었다.

"내가 심연을 돌파한 지도 수십여 년이 흘렀다. 아직도 무학의 경지는 많이 남았고 강자는 많이 있지만, 내 나름대로 수련이론을 정립할 수 있었지. 그리고 나는 언제부턴가 한 가지 재밌는 이론에 확신을 가졌다."

"뭐, 뭡니까?"

"차라리 첫 단추부터 만인일귀의 마경(魔境) 속에서 헤엄친다면 재능에 관련없이, 어떤 멍청이라고 해도 일정 수위에 오를 수 있지 않을까? 라는 생각이지."

화륵!

성구몽 장로가 품속에서 커다란 향을 세 개 꺼내서 바닥에 놓았다. 그리고 손가락 끝에서 새빨간 기운을 끌어 올리더니 바로 향 끝에 불을 붙였다.

나는 조심스럽게 물었다.

"그건 삼매진화입니까?"

"삼매진화?"

향을 여기저기에 놓던 성구몽 장로가 터무니 없다는 듯 웃음을 터뜨렸다.

"크하하하! 그런 게 어딨냐. 무림의 호사가들이 병신 같은 이름을 붙였을 뿐, 내공으로 불을 일으키는 건 십 년 만 수련하면 다 한다. 물론 사람을 불태울 정도의 화공(火功)은 좀 다르지만."

"……"

"자, 육합(六合)의 방위에 따라 내삼합(內三合), 외삼 합(外三合)의 방위로 향을 놓았다. 잘 보고 지금 놓은 향 의 위치를 기억해라."

나는 성구몽의 말대로 향의 위치를 기억했다. 그러고 보니 향은 나를 중심으로 원을 그리고 있었다. 향을 내 주 변에 놓아서 뭘 할 생각인지 모르겠지만, 이것도 아무튼 수련일 거라고 생각했다.

성구몽 장로는 향 한가운데에 내가 가부좌를 틀고 앉게 한 후, 내게 심법(心法)을 전수하기 시작했다.

"본래 유극신공(有極神功)을 먼저 익혀야 하지만, 시 간이 없으므로 내 독문절기인 사룡광마혈을 먼저 전수한 다. 지금부터 내가 가르쳐 주는 스물세 호흡을 잘 기억하면서 정신을 가라앉혀라."

"질문할 게 있습니다."

"또냐? 넌 정말 말이 많구나."

성구몽 장로가 인상을 찡그렸지만 나는 물러서지 않았다. 무협소설 애호가로서 이 질문은 꼭 해야만 한다. 조금 전부터 이상하게 생각했던 의문점이기 때문이다.

"여러 개의 공력을 같이 익히면 산공(散功)할 위험이 있지 않습니까?"

"그런 거 없는데? 나는 유극신공뿐만 아니라 강락경(强絡境)도 함께 익히고 있다."

"……."

"하아. 너에게는 내공의 기초이론부터 잠깐 설명해야겠구나."

성구몽 장로가 자신의 관자놀이를 지끈지끈 누르며 말했다.

"어디서 그런 소리를 주워들었는지는 모르겠지만 내공은 결국 경락(經洛)을 통해 뿜어져 나온다. 우리가 내공 심법이라고 하는 것들은 몸 속에서 기(氣)가 원활하게 돌아다닐 수 있도록 통로를 넓히는 작업이다. 한 번 대혈(大穴)을 타통(打通)하면 이후로는 성질이 다른 기(氣)라고 하더라도 쉽게 융화가 되지. 하긴 멋모르고 이것저것 잡공(雜功)을 주워 익히는 잡놈들은 그럴 수도 있겠지만, 적어도 유극신공이나 사룡광마혈은 그런 무공이 아냐!"

그는 상당히 화가 난 듯했다. 자신이 익힌 무공에 대한 자긍심을 강하게 건드린 듯했다. 안 물어보느니만 못한 상황이라서 나는 뻘쭘하게 대답했다.

"네…… 네에."

"이제 입 닫고 사룡광마혈 호흡을 잘 외워라."

한마디만 더 하면 수련이고 뭐고 때려죽일 기세라서, 나는 눈치를 보면서 조심스럽게 성구몽이 어둠 속에서 천천히 호흡을 하는 흐름을 따라했다. 일부러 내공을 이용해서 소리를 크게 내주고 있어서 따라하기는 쉬웠다.

스물세 호흡을 다 따라하자 열 번 정도 성구몽이 반복 연습을 시켰다.

호흡이 익숙해지자 성구몽이 내 몸의 여기저기를 검지로 찔렀다. 그러자 찔린 곳에서 화끈한 기운이 올라오더니, 마치 고춧가루라도 먹은 것처럼 몸이 따뜻해졌다. 성구몽이 마지막으로 내 단전(丹田) 부분에 손가락을 갖다 대었다.

"사룡진혈법(死龍眞血法)으로 네 요혈(要穴)을 자극하고 진기가 흐르는 속도를 높였다. 이제 호흡을 하면서 뜨겁게 느껴지는 부분으로 '공'을 굴려라. 네 몸속에 불타

는 작은 공이 흐르고 있다고 생각해라. 마지막 도착점은
단전이고, 단전에 도착한 후에는 정수리로 다시 공을 끌
어올려라."

나는 별 생각도 하지 않고 성구몽의 말에 따라서 호흡
을 반복했다. 그러자 확실히 그의 말대로 탈 것처럼 뜨거
운 공이 전신을 마구 돌아다니는 게 느껴졌다.

나중에 알게 되었지만 이건 원래 체내의 혈(穴)을 공부
해서 외우고, 내가 알아서 소주천을 돌려야 하는 과정이
었다. 혼자 하려면 적어도 두 달이 걸리는 과정이었지만
공력이 초절정에 이른 성구몽이 도와줬기에 한 번에 나는
소주천(小周天)을 끝낼 수 있었다.

내가 소주천 한 바퀴를 돌리고 나자, 성구몽이 고개를
끄덕였다. 그는 웬 조그마한 항아리 두 개를 내 옆에 놔두
었다.

"자, 오늘부터 열흘 동안 힘내라. 이건 벽곡단과 오물
통이다."

"네?"

내 반문에 성구몽이 싸늘하게 말했다. 약간의 증오와
살기가 느껴지는 목소리였다.

"내 내공까지 소모하며 기초를 도와줬으니, 나머지는
네가 할 일이지. 넌 그 자리에서 한 발자국도 움직이지 않

고 열흘 동안 호흡만 반복해라. 이 명령을 어길 시에는, 내 손으로 태오 네놈의 목숨을 끊겠다."

쾅!

그리고 밀실의 철문이 닫혔다.

나는 그제야 상황을 깨닫고 공황 상태에 빠졌다. 빛이라고는 희미한 향불밖에 없는 이 밀실에서, 먹지도 못하고 열흘 동안이나 계속 숨쉬며 수련만 해야 하는 것이다.

더 심각한 사실은 마지막에 했던 '목숨을 끊는다' 는 말이다. 그 말을 할 때 성구몽의 눈빛은 진심이었다. 별호에 혈마(血魔)가 들어갈 것 같은 위인이니, 내가 명령을 어기면 그대로 실천할 게 분명하다.

목숨을 걸고 미친듯이 하는 수련, 이게 바로 만인일귀의 과정인 것이다.

\*   \*   \*

성구몽 장로가 밀실에서 나와서 햇빛을 맞을 때, 그의 곁에서 목소리가 들려왔다.

"초조해하시는군요, 형님."

태월하 장로가 팔짱을 낀 채 문 옆에 서 있었다. 실력만으로 치면 유극문에서 세 손가락 안에 드는 고수이며,

강호에서 활동할 때는 육의육신류(六意六神流)의 달인(達人)으로 장강 일대에서 사신(死神)으로 군림했던 인물이다.

그는 태어나서 딱 세 번 패배한 일이 있다.

제일 처음은 바로 눈앞의 성구몽 장로와 팔백 초(招)를 겨뤄 패배를 인정하고 의형제의 동생으로 들어갔다. 그 다음은 전대(前代) 유극문주와 싸우던 중 그의 의기에 감복해서 전투를 포기했다. 마지막은 검성전(劍聖戰) 최후의 관문, 천룡전(天龍戰)에서 마왕(魔王)에게 목숨의 위험을 느끼고 천하제일로 향하는 길을 포기해 버렸다.

태월하 장로는 자신에게 생애 최초의 패배를 안겨 줬던 성구몽을 진심으로 존경하고 있었다. 그래서 일단 화가 났어도 성구몽에게 제자를 양보했던 것이다.

힐끔 태월하를 바라본 성구몽이 말했다.

"사범 애들과 대련해 줄 시간 아닌가?"

"허약해서 버티질 못하더군요. 실전이었다면 강호에서 좀 한다는 놈들을 상대로 이백 초 이상 못 버틸 겁니다."

태월하의 대답에 성구몽이 쓴웃음을 지었다. 보나마나 육의육신류의 절기를 사용해서 죽기 전까지 팼을 것이다. 매일같이 사범들이 태월하 장로와 대련하면 골병들겠다고 하소하는 걸 보면 알 수 있다.

물론 장로들은 격한 대련이 무공 향상의 지름길이라고 생각해서 강도를 약하게 할 생각이 전혀 없었다.

유극문의 사범은 총 다섯 명, 그들 하나하나가 십오 년 이상 유극문의 무공을 수련해서 일류급의 고수들이다. 강호의 내로라하는 명문대파의 고수와 견주어도 떨어지지 않는 자들이었지만 태월하의 평가는 매우 가혹했다.

"태월하. 자네 기준은 너무 엄격해. 애초에 '좀 한다'는 기준이 높잖나. 자네는 지룡전(地龍戰) 수준의 고수들과 상대할 경우를 두고 말한 게지?"

"그럼 누구를 기준으로 잡습니까, 지룡전급 고수를 이길 수 없으면 살아남기 힘든 상황인데."

불만스럽게 중얼거린 태월하가 근처의 의자에 걸터앉으며 퉁명스럽게 말했다.

"천휘문(天輝門)뿐만이 아닙니다. 이곳 환령은 정주 지방에서 섬서나 호북(湖北)으로 이동하는 목줄기이며 요충지. 벌써 화산파(華山派)나 종남파(終南派), 무당파(武當派)는 움직이기 시작했습니다. 작게는 모령문(模嶺門)과 환사문(幻絲門)도요."

"그렇겠지. 소림사(少林寺)를 견제하기 위해서는 여기를 영향력에 넣어야 할 테니까."

중원에서 가장 크고 강력한 명문대파의 집단인 구파일

방(九派一邦)끼리 역사상 크게 다툰 적은 없다. 그러나 그건 표면적인 이야기일 뿐, 그들은 언제나 자신의 무공이 우위란 걸 입증해서 중원제일이 되기 위해 서로를 견제했다. 그중에서도 소림사는 가장 커다란 세력이라서 도가 삼대파에서는 무슨 수를 써도 밟아 놓고 싶을 것이다.

잠시 생각하던 성구몽이 단호하게 말했다.

"오 년 후라면 그들 중 어떤 세력도 감히 우리에게 시비를 걸 수 없을 걸세. 문주의 유극신공은 그때라면 팔절(八絕)에 도달할 게야."

성구몽의 말에 태월하가 흠칫 놀랐다. 그는 단순히 현재 유극문의 어려운 상황을 푸념했을 뿐이지만, 뜻밖의 말을 듣게 된 것이다. 문주의 성취는 현재 장로들에게 있어서 가장 큰 관심사였다.

"정말입니까? 아무리 문주가 천재라지만 그 나이에 팔절의 경지에……."

팔절은 흔히 천무검결(天武劍決)이라고도 불렀다. 젊었을 적 세 장로가 전대 유극문주에게 패배했을 때도 팔절의 천무검결에 무릎을 꿇은 것이다.

"문주가 며칠 전 폐관수련을 끝내고 돌아왔을 때 나는 한눈에 알아볼 수 있었지. 오절의 경계를 뚫고 육절(六絕)의 한계를 돌파하기 직전이야. 겨우 일 년 동안의 폐관수련이었지만 문주 또한 틀림없이 심연을 겪고 엄청난 성장을 이뤘어."

"과연…… 천인일재(千人一才)군요."

태월하는 감탄했다. 그 자신도 일가(一家)를 이룬 달인이라서 이제 와서 재능 가지고 유치하게 질투 따위는 하지 않는다. 그저 하늘에게서 부여받은 재능의 위대함에 순수하게 놀랄 뿐이다.

유극신공(有極神功)은 본래 '무공에는 한계가 있다'는 이념 아래 만들어진 특이한 무공이다. 무극(無極)은 건방진 소리라고 여기고, 인간의 한계 내에서 최강(最强)을 이루겠다는 소심한 목표를 지니고 있다. 하지만 소심한 무공명과는 다르게 유극신공은 십 년 전의 검성전(劍聖戰)에서 천하일절(天下一絶)로 공인받았다.

전대 문주는 인(人), 지(地), 천(天)으로 이루어진 수도 검성전에서 마지막 천룡전에서도 사강(四强)까지 출전할 수 있었다. 다시 말하자면 천하에서 네 손가락에 꼽히는 절세고수(絶世高手)였던 것이다.

그때의 전대 유극문주가 이루었던 진경(進境)은 구절(九絶)이었다. 이론상 십절(十絶)까지 존재하는 유극신공을 구절까지 성취한 건 전대 유극문주가 사상 최초였다.

만일에 전대 유극문주가 검성전에서 생환했다면 틀림없

이 유극문은 구파일방에 견주는 거대 세력으로 성장했을 것이다.

태월하는 십 년 전의 일을 회상하자 저절로 먼 산을 바라볼 수밖에 없었다.

"그렇다면 언젠가, 문주는 복수할 수 있겠군요."

"그건 모를 일일세."

성구몽은 침중한 어조로 말했다.

"자네도 나도…… 그 벽 앞에서는 무릎을 꿇었어. 전대 문주도 예외는 아니었지. 무엇보다 구절(九絶)의 유극신공을 달성하지 못하면 수도에 살고 있는 노괴물(老怪物)조차 이길 수가 없지."

"암담하군요."

"어쩔 수 없지."

성구몽은 팔짱을 꼈다. 그의 눈에서 희미하게 혈광이 흘러나오고 있었다.

"지금 우리가 해야 할 일은 문주가 힘을 갖출 때까지 유극문을 보호하는 것일세. 너무 바깥의 잡놈들에게 신경 쓰지 말게, 노제(老弟)."

"후후 노제라. 저도 꽤 나이를 먹었군요."

"클클. 누군 아닌가?"

두 사람은 잡담을 나누며 웃었다. 쌓여 있는 말도 많고 분노도 깊었지만 늘 분출하면서 살아갈 수는 없다. 인생은 흐름이기 때문에 이따금 아무 일도 없는 양 조용히 웃을 수밖에 없는 것이다.

태월하가 성구몽 뒤의 건물을 힐긋 바라보았다.

"설마 태오(太烏)라는 녀석이 천인일재입니까?"

태월하가 성구몽에게 양보한 이유 중의 하나였다. 성구몽이 그토록 적극적으로 나서는 건 처음 봤기에, 혹시 태오가 엄청난 재능의 소유자가 아닌가 하는 기대감이 생긴 것이다.

"그건 모른다네. 그리고 천인일재든 아니든 달라지는 건 없어."

"무슨 말씀이십니까?"

태월하의 반문에 성구몽은 아름드리나무 밑으로 가서 앉았다. 나무 그늘 아래에서 스치는 바람을 느끼며, 그는 천천히 말했다.

"노제. 나는 말일세, 전대 문주가 패배했을 때부터 회의감을 느끼고 있었어. 천하인들이 천재라고 칭송하는 천인일재…… 그리고 한 가지에 미친 끝에 귀신이나 달인이 되어 버리는 만인일귀. 이 뛰어난 초고수들이 근 오십여 년 동안 중원최강의 칭호를 탈환하지 못하는 걸 보고 말일세."

"······."

태월하는 생각했다.

천하의 모든 달인들이 모여서 힘을 겨루는 검성전. 지난번 우승자도, 지지난번 우승자도, 그전의 우승자도 단하나의 가문(家門)에서 배출되었다. 천하인들은 그 절대적인 벽 앞에서 무릎을 꿇고 절망하곤 했다. 십 년 후면 차회 검성전이 열리겠지만, 이변이 없다면 우승자는 같을 것이다.

성구몽이 말했다.

"재능도······ 광기도······ 어쩌면 답이 아닐지도 모른다는 걸세. 나는 내 생각을 태오를 통해서 시험해 보고 싶은 걸지도 모르지."

"아무것도 아닌 쭉정이가 될지도 모릅니다."

"태월하 자네, 무협소설(武俠小說) 좋아하나?"

뜬금없는 질문에 태월하는 고개를 갸우뚱했다. 그 또한 무협소설이 뭔지는 알고 있었다. 진지하던 성구몽의 질문이라서 어색하게 느껴졌지만, 일단은 진심으로 대답해 주었다.

"무림의 호사가들이 어줍잖게 지어낸 이야기 말입니까? 허무맹랑해서 저는 읽지 않습니다."

"크크, 태오는 무협소설을 매우 좋아하는 녀석이라더

군. 문주가 내게 말해 줬어."

"네? 그 녀석은 농부의 자식이 아니었습니까?"

태월하가 황당한 듯 반문했다. 농부는 자기 농사를 지어서 먹고살기도 바쁘다. 돈 있는 문사가문이나 고관대작이나 지니는 무협소설이란 취미를 갖는다는 건 터무니없다. 책 한 권의 가격이 일 년치 소작물을 뛰어넘는 경우도 종종 있기 때문이다.

성구몽이 빙긋 웃었다.

"현실에서 붕 뜬 채로 무림에 동경을 갖고 발을 담근 아이가, 어떤 무림인이 될지 기대가 되지 않나? 고수가 되는 건 둘째치고 난 매우 재밌을 것 같아."

"악취미군요."

태월하가 싫은 표정을 지었다. 성구몽이 반쯤은 장난으로 태오를 가르치고 있다는 걸 알아챈 것이다. 솔직히 이제 와서 태오가 어떤 재능을 지니고 있든 상관이 없기 때문에 자기 취미의 교수법을 실험해 보고 있는 것뿐이다.

즉, 진지하게 제자로 생각하고 있지 않다는 뜻이다.

성구몽이 어두운 건물 안을 바라보았다.

"그래도 이번 수련을 견디면 최소 자격은 있다고 인정해 줄 생각이네. 저 녀석 이전에도 다섯 명쯤 붙잡아서 시험해 봤는데, 다들 사흘도 되지 않아서 죽는 소리를 하며 튀어나오더군."

물론 지금처럼 자신의 독문절기를 전수하고 요혈을 눌러 준 상태는 아니었다. 그냥 일반 문도를 잡아서 유극신공을 운기시킨 것이다.

방립을 눌러쓴 태월하가 어이없다는 듯 말했다. 그는 의형제든 뭐든 싫은 일이 있으면 일단 직접적으로 말해 버리는 성격의 소유자였다. 냉정해 보이는 외모와는 달리 상당히 격한 감정을 지니고 있었다.

"당연하지 않습니까? 멸향(滅香)을 들고 가신 거 봤습니다."

"그래. 들고 갔지."

"육합천멸진(六合天滅陣) 안에 있으면 정신력이 빠르게 마모되고 진력(盡力)이 소모됩니다. 평소보다 정신력이 열 배나 빠르게 소모될 텐데 보통 인간이 그런 걸 버틸 리가 없죠."

"하지만 대신에 내력은 열 배나 빠르고 정심(精深)하게 쌓이지. 어쨌거나 도가(道家)에서 실전된 고대의 비법이니까."

성구몽의 예리한 눈이 건물의 어둠 속을 노려보았다.

"무협소설처럼 되려면, 그만한 자격은 보여야겠지."

사룡광마혈의 수련.

내가 호흡을 도중에 중단한 것은 여덟 번 정도의 소주천(小周天)을 끝냈을 때였다. 대주천과 달리 소주천은 몇 번이고 반복해서 운기해도 아무 문제가 없었다. 서서히 몸에 기운이랄 만한 게 차오르고 있었는데, 뜬금없이 숨이 막히고 머리가 혼미해졌다. 갑자기 전신이 물먹은 솜처럼 늘어지고 머릿속에 잡생각이 튕겨 나왔다.

시간으로 치면 한 시진이 지났다. 그런데 손발이 차가워지면서 내장이 아파 왔다. 심상치 않은 일이라서 급히 가부좌를 풀고 내 몸을 점검해 보았다. 가부좌를 오래 틀고 있어서 다리가 약간 아픈 걸 제외하고는 특별한 외상은 없었다.

'뭐지?'

갑작스러운 이변에 정신이 멍해졌지만, 귀로 가느다란 소리가 밀려들어 왔다. 소리는 작았지만 분명히 사부인 성구몽 장로의 목소리였다.

"사룡광마혈의 혈기(血氣)가 장문혈에 가득 쌓여서 좌신(左身)에 통증이 오는 것이다. 지금부터는 방금까지 행하던 과정에서, 백유혈(百留穴) 쪽으로 운기의 흐름을 돌려라."

이게 바로 무협소설에서 보던 전음(傳音)이란 것 같았

다. 그런데 내가 움직이자마자 알아채다니, 분명히 이곳은 밀실이라서 벽이 몇 겹이나 쌓여 있는데도 내 기척을 알 수 있단 말인가.

어쩐지 성구몽이 굉장히 무서워져서, 나는 약간 몸을 떨면서 다시 한 번 진기(眞氣)를 몸의 혈도로 천천히 보냈다. 나는 도중에 이상함을 깨닫고 외쳤다.

"백유혈이 어딥니까?!"

"멍청한 놈! 단전에서 한 치 위에 세 개의 요혈(要穴)이 있다. 그중에서 심장에 가까운 쪽이다. 지금은 내가 기혈의 움직임을 쉽게 느끼게끔 해 뒀으니 빨리 위치를 찾아서 외워 둬라."

"네, 알겠습니다. 그런데 지금 어디 계신 겁니까?"

"바깥의 현관문 밖에 있다. 더 이상 말 걸지 마라."

"……."

바깥의 현관문이라면 거리만 팔 장이 훨씬 넘는다. 게다가 높낮이와 석벽, 계단, 문의 존재까지 합치면 내 움직임을 하나하나 감시한다는 건 정말 놀라운 일이었다. 도저히 인간의 감각이라고 생각할 수 없다.

고수의 초감각만은 무협소설이 과장이 아니다. 도리어 환롱 작가가 현실적으로 표현했다는 생각이 들었다. 나는 침을 꿀꺽 삼키며 백유혈을 찾아서 다시금 소주천을 하기 시작했다.

이윽고 내 움직임이 안정되면서 몸이 따끔거리던 현상이 없어졌다. 내가 몸을 안정시키며 소주천에 집중하고 있을 때 성구몽의 전음이 들려왔다.

"그 방향으로 진기를 돌리다 보면 이번에는 우신(右身)에 통증이 올 것이다. 너는 두 가지 방법을 번갈아 가며 계속 소주천을 반복해라. 고통의 간격이 없어질 정도로 호흡에 익숙해진다면 사룡광마혈의 기본에 입문하는 것이다."

즉, 인간 몸의 좌측과 우측을 차례대로 자극함으로써 몸에 숨겨져 있는 신경을 일깨우고 혈도의 흐름을 활발하게 하는 원리였다. 나는 그럭저럭 이론적으로 이해하면서도 어느새 수련에 몰두하고 있었다.

……

그렇게 얼마나 시간이 지났을까. 간간이 조언을 해 주던 성구몽 장로의 전음도 사라지고, 나는 침묵 속에서 말 없이 수련만 반복했다. 시간이 얼마나 지났는지는 모르지만 벌써 호흡을 수십 번도 넘게 돌려 댄 느낌이다. 느릿한 과정이기는 하지만 한 번에 집중력을 쏟아붓고 있으니 머리가 흐릿해졌다.

'으으.'

문제는 나중에 찾아왔다. 시간이 얼마나 지났는지도 모르지만, 깜깜한 공간에서 아무것도 보지도 듣지도 못하고 가부좌를 틀고 앉아만 있으니 미칠 것만 같았다. 마음속에서 공포감이 스멀스멀 기어 나오고 생각이 자꾸만 복잡해져 갔다.

도대체 얼마나 시간이 지난 건가? 얼마나 나는 이러고 있어야 되는 거야?

나는 이를 악물면서 머리를 붕붕 흔들었지만 내 마음에서 피어오르는 연기를 어쩔 수가 없었다. 태어나서 나 자신과 싸워 본 경험은 많지만 이렇게나 오랫동안 가만히 있었던 적은 없었던 것이다.

내가 마음을 다잡을 수 있었던 것은 도중에 내 품속에 딱딱한 무언가가 만져졌기 때문이었다.

"이건……."

내가 읽던 무협소설, 〈탈혼경〉이다. 나는 사호 문주가 뺏어서 읽고 다니길래, 영락없이 뺏긴 줄만 알았다. 그런데 문주는 어느새 귀신같이 내 품속에 책을 넣어 둔 것이다. 갑자기 책의 표지의 까끌한 느낌이 손에 닿자 용기가 솟아오르기 시작했다.

'그래. 이건 평생 가도 겪을 수 없는 진짜 무림 체험이다. 수련한 지 하루만에 그만둔다면 너무 꼴이 우습다. 하

다못해 사흘이라도 버텨야 조연이라도 맡을 거 아닌가?'

나는 내 안에 근성(根性)이 잠들어 있다는 걸 믿기로 했다. 지금까지 머리가 아프고 당장에라도 쓰러져 자고 싶었지만, 바로 눈이 번쩍 떠지면서 다시 집중에 들어간 것이다.

사실 여기서 열흘 동안 수련해서 괜찮은 성과를 못 내면 천휘문과의 항쟁 때 죽을 가능성이 높다는 문제도 있다. 그렇다면 조금 힘들다고 해서 엎어져서 쉬는 건 할 일이 아니다. 내가 죽는 장소는 여기가 아니다.

'죽는다면…… 나는 적어도 환룡을 만나고 죽겠다.'

그냥 만나서 이야기해 보고 싶다. 아무것도 없던 그냥 농촌 무지렁이인 나도, 글이란 게 재밌게 느꼈다. 그것만으로도 인생에 약간의 행복을 느꼈다. 무림의 일 따위는 아무래도 좋으니, 그렇게 재밌는 글을 쓸 수 있었던 작가를 만나서 이야기하고 싶어졌다.

사실 이런 생각이 불현듯 든 것은, 내가 지금 진짜로 죽음의 예감을 느꼈기 때문이리라. 문주나 무림고수들의 살기는 위협적이지만 내게 직접 향하는 게 아니었기에 대충 흘릴 수가 있었다. 빠르게 마모되는 정신력의 편린 속에서 죽음이란 단어를 건져 낸 것뿐이다.

그리고 나는 무아(無我)의 상태에서 멍하니 몰두했다.

무아라기 보다는 몰아(沒我)였다. '나' 라고 하는 자의식이 선명하게 느껴지는 상태에서 정신세계 넘어서 존재하는 무언가에 손을 뻗고 있는 듯한 상태였다.

머릿속에 무협소설 〈탈혼경〉의 네 글자가 떠올랐다.

불생불멸(不生不滅).

빛이 보인다. 빛이 사라진다. 날개가 보인다. 날개가 맺힌다. 강철이 일그러진다. 강철이 맺힌다. 나는 풀이 되고, 내 마음은 어둠 속에 잠든다. 탈혼경의 주인공은 자기 마음을 본떠서 다시 만들어 내곤 했다.

의미 없는 생각과 망상이 교차되면서도 내 몸과 마음은 확실하게 [호흡을 한다]는 행위에만 집중하고 있었다.

생리 현상이 찾아올 때는 기계적으로 오물통을 찾아서 해결했다. 배가 고프면 기계적으로 벽곡단을 한 움큼 집어 먹었다. 맛없는 벽곡단의 곡기 냄새가 오물 냄새와 섞여서 약간 인상이 찌푸려졌다.

신체가 도저히 버틸 수 없어서 잠이 들 것 같으면 잠시 앉은 채로 잠이 들었다. 불현듯 깨어나면 내 몸은 다시금 기를 움직이는 행위 하나에만 몰두했다. 그 외의 아무것도 필요하지 않은 듯, 나는 표정없이 숨쉬기만 반복했다.

사라진다.

내가 사라진다.

의식이 희미하게 깜박거리는 동안에 뇌 속에 육합(六合)의 형상이 맺혔다. 그리고 다시 사라졌다. 어쩐지 모르게 도가(道家)의 경전 같은 읊조림이 간간이 귓가에 들려오기도 했다.

불생불멸(不生不滅)…….

…….

"……차려라!"

소리가 들린다. 어디선가 들었던 것 같은 소리다. 나는 오감(五感)이 살아 있는 상태에서 뇌가 굳어서 손쉽게 움직이지 않았다. 내 이성이 점차 효력을 회복하는 동안에 다시금 벼락 같은 호통이 들려왔다.

"갈(喝)!!"

번뜩!

그 순간이었다. 나는 갑자기 세상이 확 넓어지면서 내 눈 앞에 대춧빛 얼굴의 장년인이 서 있는 걸 볼 수 있었다. 인식 속도가 느려서인지 상황이 언뜻 이해가 되지 않았다. 나는 이윽고 기억을 되찾았다.

"성구몽…… 사부?"

"정신을 차렸군."

횃불을 들고 있는 성구몽 장로는 질렸다는 눈으로 나를 바라보고 있었다. 그는 혼잣말로 중얼거렸다.

"완전히 예상 밖의 결과가 나와 버렸구먼."

"네?"

"일단 일어나라. 네 꼴이 말이 아니다."

나는 주변을 둘러보았다. 확실히 오물통은 가득 차 있었고 내 몸에는 기름때가 잔뜩 끼어 있었다. 그리고 뜬금없이 엄청난 배고픔과 목마름이 내 머리를 때렸다. 당장에라도 뭔가를 먹지 않으면 죽을 것만 같은 갈증과 공복감!

"헉, 헉!!"

"참아라!"

나는 그 말에 신경쓸 틈도 없이 전신을 파르르 떨면서 몸을 꿈틀거렸다. 전신이 강철에 억눌린 것처럼 제대로 움직이지 않는다. 근육이 몽땅 굳어 버려서 비명을 질렀다. 이 상황에서도 내가 살아 있다는 사실이 신기하기까지 했다.

"지금 너는 반야(般若)의 상태에서 막 벗어났다. 육식(六識)을 넘어선 상태에서 오감과 본능이 인지되지 않았으니, 당연한 일이다! 진정하고 숨을 들이켜라!"

잠시 후 내가 제정신이 돌아오자 성구몽 장로가 내 팔을 잡아서 일으켜 세웠다.

"나와라. 이제 다음 수련으로 들어갈 테니."

"네……?"

정신이 없는 상태에서도 그 말은 약간 기쁘게 느껴졌다. 이 정신 나간 짓을 이제 그만해도 된다는 뜻이기 때문이다. 나는 후들거리면서 내 다리에 힘을 주고 섰다. 성구몽 장로가 팔을 놓자, 나는 관자놀이를 꾹꾹 누르며 물어보았다.

"며칠이…… 지났습니까?"

"이십오 일(二十五日)."

이어지는 성구몽의 말에 나는 깜짝 놀랐다.

"네게 주어진 벽곡단은 십오 일째에 모두 떨어졌다. 네가 죽을 것 같아서 그만두게 한 것이다."

나는 내 꼴을 살펴보고 그 말을 이해할 수 있었다. 전신에 역한 냄새가 나고 팔다리가 앙상하게 말라 있다. 물도 못 마시고 가만히 호흡만 했으니까 당연한 일이리라.

성구몽 장로가 앞서서 걸어가다가 말했다.

"너는 생사의 갈림길에서도 마치 해탈하는 승려처럼 조용히 앉아 있었다. 어떻게 그렇게 할 수 있었느냐?"

나는 힘없이 대답했다. 지금은 아무것도 생각 안 하고 싶다.

"모르겠습니다. 제가 그랬습니까?"

"……."

성구몽 장로는 대답하지 않았다. 왜인지 모르지만, 그의 얼굴에는 약간 노한 기색이 맺혀 있었다.

나는 밖으로 나와서 이틀 동안 침상에 누워서 쉬었다. 전신을 따뜻한 물에 씻고 나서 밥을 먹었다. 뱃속에 거지가 들은 양 게걸스럽게 먹는데도 전혀 배가 차지 않았다.

곧 밤이 되어서 드러눕자, 바로 잠이 들고 말았다. 뜻밖에도 내가 괴상한 일을 저질러 버렸다는 사실을 인지하지도 못한 채.

# 4.
## 반야(般若)

유극문의 본전(本殿)의 심처에는 한 방이 있다. 방의 이름은 따로 붙여지지 않았지만, 급한 일이 있을 때마다 가주와 장로들이 모여서 회의를 하는 곳이었다. 그냥 회의실이라고 부르면 되겠지만 그렇게 불리지 않았다. 이유는 시비에게도 알리지 않고 문주 본인이 비밀스럽게 관리하는 장소였기 때문이다.

　방 안에는 네 사람이 앉아서 따사로운 햇빛을 창가에서 보고 있었다. 현 유극문주 사호와 삼 인의 장로들이었다. 사호는 용정차를 한 모금 들이킨 후 먼저 말을 꺼냈다.

　"개전(開戰)은 예정된 대로 한 달 후가 될 겁니다. 천휘문은 총력을 다해서 공격해 오겠죠."

"훌륭하오, 문주."

태월하가 그녀를 진심으로 칭찬했다.

"당초 예상으로는 바로 쳐들어올 거라고 생각했는데……
정말로 그 계책이 먹혔구려, 문주."

"장로분들의 도움이 있었기 때문이지요."

상식적으로 생각하면 호위무사인 천휘십검과 천휘문 소
문주를 죽였다면 즉시 쳐들어오는 게 당연하다. 천휘문주
장문산은 피가 끓어서 그렇게 하려 했으나, 유극문에서
먼저 움직이는 바람에 어쩔 도리가 없었다.

계책이란 바로 선제공격!

성구몽 장로가 제자 육성 때문에 움직일 수 없었으므
로, 실제로는 태월하 장로와 채은 장로가 움직였다. 태월
하와 채은은 문주에게서 작전을 지시받은 즉시 정주 지방
으로 갔고, 약 나흘이 지나자 천휘문에 소문주의 목이 도
착하기도 전에 불이 타오르고 천휘문 제자들이 습격당해
서 사망했다.

절묘한 시간 차였다.

표국을 통해서 소문주와 호위들의 목이 도착하기 바로
하루 전, 말(馬)보다 빠른 경공으로 쉬지 않고 달려간 두
명의 장로들이 천휘문에 기습 공격을 가한 것이다. 무려

사십여 명이 장로들에게 도살당하고 서른 명이 중태에 빠지자 천휘문은 발칵 뒤집어졌고, 바로 다음 날 소문주의 목까지 도착하자 걷잡을 수 없을 지경이었다.

완벽한 기선 제압!

천휘문에게 있어서 최선의 계책은 총력을 모아서 바로 공격해 오는 것이었지만, 사망자와 부상자가 많아 혼란을 수습하는데 시간이 걸렸다. 아무리 문주라고 해도 사망자의 가족에게 변명 한두 마디는 해야 했고, 심지어는 습격한 괴한들의 정체도 심증만 있을 뿐 증거가 없어서 속이 터지는 상황이었다.

결국 임무를 마친 태월하 장로와 채은 장로가 유극문에 돌아왔을 때 즈음엔 천휘문은 이를 갈면서 항쟁 준비를 할 수밖에 없었던 것이다. 성구몽 장로가 미안하다는 듯 고개를 숙였다.

"내가 있었으면 보다 기한을 늦출 수 있었을 텐데 미안하오, 문주."

"아니에요. 이 정도가 최대의 성과였죠. 어차피 쭉정이들을 아무리 청소해도 중요한 건 천휘문 뒤에 있는 존재니까요."

"귀검(鬼劍) 장문영(長汶泳)을 말씀하시는 거군요."

문주 사호가 당연하다는 듯 말했다.

"천휘문에 귀검 외에 사람이 있던가요?"

"없죠."

세 장로들은 문주 사호의 말에 동의했다. 사실 세 장로들의 무위(武威)는 시골 문파에 있어서 잘 알려지지 않았을 뿐, 실제로는 천휘문 따위를 두려워할 자들이 아니었다. 특히 성구몽 장로의 진짜 정체를 천휘문주가 알게 되면 벌벌 떨게 될 것이다.

하지만 그런 장로들에게도 껄끄러운 존재가 단 하나 있었다.

귀검 장문영!

십 년 전의 이십회(二十會) 검성전(劍聖戰)에서 화산파(華山派)의 대장로(大長老)를 꺾고 천룡전(天龍戰) 십육강(十六強)을 달성한 검사. 그때까지 장문영은 강호에 나온 적이 없어서 딱히 별호가 없었으나, 이후에는 귀검(鬼劍)이라는 별호를 받고 정주 일대에서 최고의 검호(劍豪)로 군림하고 있었다.

심지어 구파일방 소림사의 사대금강마저도 귀검 앞에서는 한 수 접어 주는 상태였다.

물론 귀검 장문영이라고 해도 전대 유극문주에 비하면 실력이 부족하다. 전대 문주가 살아 있었다면 걱정거리도 되지 않겠지만, 지금 귀검이라는 이름은 유극문에 큰 부담을 가져다주고 있었다. 아무리 세 장로라고 해도 목숨을 걸지 않으면 낭패를 볼 수 있는 고수이기 때문이다.

태월하 장로가 조심스럽게 말했다.

"천휘문을 습격할 때 귀검의 모습은 보이지 않았소, 문주. 소문대로 그가 숭산(崇山)에서 폐관수련을 한다는 말은 사실인 듯하오. 그렇지 않았다면 이리 쉽게 돌아올 수는 없었을 테니."

"귀검 장문영은 천휘문주의 친동생이죠."

쪼르륵.

차주전자에서 다시금 용정차를 장로들의 차에 따라 준 사호가 맑은 햇빛을 쳐다보았다. 생각이 머릿속에서 복잡하게 맴돌았다.

"천성적으로 수련광(修練狂)에 세상일에 관심이 없다고 하지만, 제가 죽인 소문주는 귀검의 조카. 귀검이 조카의 목을 보고도 움직이지 않을 거라고는 생각하기 힘들군요."

"……"

"귀검 하나만이라면 장로분들께서 어떻게든 하실 수 있을 거예요. 하지만 남는 천휘문의 전력을 본문의 제자들이 감당키 힘들겠군요."

칠십여 명을 전투불능으로 만들었어도, 이백 명이 넘게

남아 있다.

그것도 하루이틀 배운 게 아니라 오 년 이상 무공을 수련한 장정들이 이백 명! 무림문파의 대결에서는 어마어마한 숫자다. 유극문의 제자들도 실력이 뛰어나지만 이 정도로 숫자 차이가 나면 크게 힘을 못 쓴다.

세 장로는 대답을 하지 못했다. 사실 귀검이 천휘문에 없다면 얼마든지 상대할 자신이 있었다. 천휘문의 세(勢)가 대단하지만 세 장로가 부족한 머릿수를 채울 수 있기 때문이다. 그러나 항쟁이 시작되면 귀검 장문영을 상대하기 위해서 적어도 장로 두 명이 달라붙어야 했다.

이제 와서 재차 기습 공격을 할 수도 없다. 이미 전투 태세에 들어간 천휘문을 건드리는 짓은 구파일방도 할 수 없을 것이다. 무림의 호사가들은 벌써부터 천휘문과 유극문의 승부는 결판이 났다고들 떠들고 다니는 상태였다.

사호가 훗하고 웃었다.

"걱정 마세요. 아직은 승률이 반반이지만, 계책을 잘 세우면 분명히 이길 수 있을 거예요. 천휘문에는 큰 약점이 있으니까."

"그게 무엇이오?"

"아직은 얘기할 수 없어요. 귀검의 움직임을 좀 더 지켜봐야 하니까요."

"으음."

성구몽 장로는 침음성을 흘렸지만, 곧 납득했다.

"문주를 믿겠소."

사실 성구몽이나 태월하, 채은도 머리가 나쁘지 않다. 도리어 계책을 짜는데 있어서는 상당히 머리가 잘 돌아가는 편이었다. 그러나 그렇다고 해서 문주의 재량을 함부로 침범하거나 앞서 나가는 건 역효과다. 조직은 결론이 최선이든 아니든, 망설임 없이 행동할 수 있어야 최고의 힘을 낼 수 있기 때문이다.

뿐만 아니라 이미 문주는 선제 공격을 통해서 천휘문에 불리한 상황을 만들어내는 데 성공했다. 어렸을 적부터 병서(兵書)와 기서(奇書)에 통달한 재녀(才女)다운 행동이었다. 전대 문주로부터 사호의 보위를 명령받은 이상, 세 장로들은 자신들의 임무에 충실하기로 마음먹었다.

네 사람은 문도들의 훈련 상황과 나무 방책의 설치, 기관(機關) 수리 비용을 얘기하며 한 식경 동안 시간을 보냈다. 그러던 중에 사호가 성구몽 장로에게 흥미를 보이며 물었다.

"그러고 보니 장로님. 태오는 어떤가요?"

"무슨 말씀이신지……."

사호가 싱긋 웃었다.

"평제자나 사범들 사이에서는 요주의 인물이니까요. 여태껏 장로님의 제자로 들어간 사람은 한 명도 없었으니."

"으음."

"그런데 아무리 특별 수련을 한다고 해도, 전혀 모습이 안 보여서 다들 궁금해하는 것 같더군요."

성구몽 장로는 숨길 수 없음을 깨닫고 입을 열었다.

"밀실에서 내공 수련을 시켰는데, 정도가 과해서 지금은 요양시키고 있소이다. 내일 저녁쯤이면 기력을 회복할 듯싶소."

"요양이라……."

사호가 믿기지 않는다는 듯 반문했다.

"설마 입문한 후 근 한 달 동안, 계속해서 내공 단련만 했다는 건가요?"

"……음, 그렇소."

"그럴 수가……."

옆에서 듣고 있던 태월하와 채은도 놀랐다. 자신들은 태오가 지하 밀실에 들어간 것만 보고 바로 천휘문 습격을 위해 떠났기에 상황을 몰랐다. 그런데 설마 그 긴 시간 동안 계속해서 밀실에 있었을 줄이야!

성구몽 장로가 복잡한 표정을 지었다.

"아직 그 아이의 재능은 뭐라 판단할 수 없소. 허나 확실한 건, 대기만성(大器滿成)일지도 모르오."

"흥미롭군요."

실제로 인내심과 의지력은 무공을 익힐 때 가장 중요하게 요구되는 덕목이었다. 검술의 자질은 어떨지 모르지만, 확실히 태오의 의지력은 예사로운 수준이 아니었다. 잠시 머뭇거리던 성구몽 장로가 사호에게 부탁했다.

"문주, 태오는 항쟁에서 잠시 물려 두면 안 되겠소? 내공의 기초가 급속하게 쌓여서 지금이 수련의 적기(適期)요. 이 기회를 놓치기가 아깝구려."

순간 태월하와 채은 장로의 눈이 의혹으로 번득였다. 설마 성구몽이 저런 말을 꺼낼 줄은 몰랐기 때문이다.

"곤란하군요……."

사호가 고개를 흔들었다.

"아시다시피 천휘문과의 싸움은 여유를 둘 수 있는 사안이 아니에요. 이번에 크게 이기지 못하면 앞으로 유극문은 틀림없이 멸문합니다. 비기거나 막아 내는 정도로는 계속 비슷한 일이 벌어질 테고, 세력이 계속 줄어들기 때문이죠."

"……."

"한 명의 힘이라도 아쉬운 상황입니다. 전투의 일선에 내보내진 못해도 뒤에서 사람들을 도와야겠죠."

"물론 그 정도는 상관없소. 마땅히 해야지."

성구몽의 안색이 다소 밝아졌다. 문주는 은연중에 전투 일선에서는 빼 준다고 허락한 것이다. 곧 점심 시간이 다가오고, 그들은 밖에 나가서 가볍게 식사를 한 후에 다시 일과로 돌아갔다.

함께 걷던 중에 태월하가 성구몽에게 물었다. 조심스러운 말투였다.

"실제로는 어떻습니까?"

"뭐가 말인가?"

"재질이 뛰어난 아이인 겁니까?"

"음, 그건……."

태월하의 곁에는 채은 장로도 함께 있었다. 그녀도 태오가 궁금한 모양이었다. 채은 장로는 나이가 오십대가 훨씬 넘었는데도 겉으로는 이, 삼십대의 처녀에 못지않았다. 그녀가 요염한 목소리로 말했다.

"기간으로는 이십오 일. 숙련된 무인이라도 벽곡단만 가지고는 그토록 오래 좌선명상으로 버틸 수가 없어요. 정말로 그런 꼬마아이가 버텨 낸 건가요?"

"그렇다네."

"혹시…… 타 문파의 간자(間子)가 아닐까요?"

어린아이를 훈련시켜서 다른 문파의 무공을 훔치게 할

셈으로 보내는 경우는 강호에 많았다. 채은 장로의 말에 성구몽 장로가 확실히 부정했다.

"그렇지 않아! 예전에 나는 그 아이의 완맥을 잡아서 모든 가능성을 검사해 보았다. 무공 따위 익힌 적이 없는 평범한 아이였다."

"그런가요……."

"단지…… 좀 놀랍긴 했지."

채은과 태월하의 시선이 성구몽 장로에게 닿았다. 성구몽 장로는 전에 없이 망설이고 고뇌하는 표정이었다. 그는 짧은 탄식을 흘리더니 자신의 의형제들에게 말을 꺼냈다.

"태오는 반야(般若)의 경지에서 좌선명상을 하고 있었다. 나조차도 평생에 거의 느낀 적이 없는 완벽한 몰아(沒我)였다. 육합천멸진 속에서 해낼 수 있는 수련으로서는 가장 완성도가 높다."

실제로 성구몽은 직접 수련을 마친 태오의 기혈을 잡아 보고 깜짝 놀랐다. 고작 한 달의 시간이었지만 태오의 몸 속에는 활화산 같은 사룡광마혈의 공력이 무려 삼 년(三年)치나 쌓여 있었다. 아마 좌선명상의 효과와 육합천멸진의 효과가 증폭된 덕분에, 단숨에 사룡광마혈 일 성(一成)의 경지에 진입한 것이다.

내공을 통제할 수 있느냐가 관건이긴 했으나, 아마 검술과 내공의 흐름을 일체시킬 수만 있다면 단숨에 이류급 무인으로 뛰어오를 수 있다는 말이었다.

"반야……라고요?"

채은 장로가 자신의 귀를 의심했다.

반야!

보통 불교의 고승들이 말하는 반야와는 다른 뜻으로 쓰이는 말이다. 무도의 초고수들이 생사를 초탈해서 정기신(精氣身)이 완벽한 감응을 이루는 순간이 수련 중에 찾아오는데, 이때는 깨달음이 마치 비처럼 쏟아진다고들 한다. 무의식의 영역에서 오로지 한 가지에만 몰두할 수 있기 때문이다.

특히 만인일귀(萬人一鬼)의 과정을 거치는 고수들에게는 필수적인 영역이었다. 어차피 한 가지에 미친다면 반야의 경지에 도달하지 않을 수가 없다. 문제는 여기서 못 빠져나오고 진짜 광인(狂人)이 되거나 죽는 경우가 비일비재하다는 것이다.

태월하가 말했다.

"그럼 그 아이, 태오도 하나의 미친 달인(達人)으로서의 자질을 지니고 있겠군. 그런데 어째서 형님께선 확신하지 못하시는 겁니까?"

"우리가 겪은 과정과 달랐기 때문이다."

"다르다고요?"

성구몽이 고개를 끄덕였다.

"반야의 경계가 풀리려고 할 때는 깨달음이 하나로 뭉쳐져서 머릿속에서 빛이 나는 듯한 기분이 들지. 그래서 우리는 예외없이 환한 미소를 지으며 수련을 마무리했다. 허나 태오 녀석은 내가 깨울 때까지, 계속해서 허무(虛無)에 도달하고 있더구나."

"……!!"

두 장로는 깜짝 놀랐다. 그들은 자신의 분야에서 일가를 이룬 달인들이라서 성구몽 장로가 하는 말이 어떤 뜻인지 알고 있었다. 태월하가 더듬거리며 말했다.

"그 말은…… 놈은 무의식과 의식이 합쳐지는 이질감을 전혀 느끼지 않았다는 겁니까? 깨달음을 녹일 필요도 없이 그대로 흡수시키고 있었다는 소리가 됩니다만."

"아마 그렇게 되겠지."

태월하는 경악했다. 당금 강호에서 이들의 문답을 알아들을 수 있는 자들은 백여 명이 채 안 되겠지만, 그들의 반응도 마찬가지일 것이다. 태오가 보여 준 모습은 차라리 이단이라고 할 수 있었다.

"말도 안 돼…… 그건 재능의 영역이 아닙니다. 재능이라고 부를 수도 없어요."

"노제. 그러니까 내가 고민하는 거라네."

이어지는 성구몽의 말에 두 사람은 섬뜩함을 느꼈다.

"그 아이를 내쳐야 할지 돌봐야 할지……."

스윽.

성구몽 장로의 신형이 바람과 함께 사라졌다. 그의 독
문신법인 혈마영(血魔影)이었다. 그 또한 심경이 복잡해
서 더 이상의 대화를 거부해 버린 것이다.

아무리 의형제라고 해도 저 상태의 성구몽에게 억지로
말을 걸면 후환이 두렵다. 태월하는 한숨을 쉬고는 채은
에게 말했다.

"이 일은 문주에게 말하지 않는 게 좋겠네."

"그러는 게 좋겠군요."

"문주는 천휘문과의 대결을 코앞에 두고 충분히 머리가
아플 거야. 괜히 신경 쓰이게 하면 안 돼."

채은 장로가 묘한 미소를 지었다.

"어떨 거 같으신가요?"

"뭐가 어떤데?"

"큰오라버니께서 그 아이를 계속 키우실까요?"

"……."

태월하는 침묵했다. 그리고는 방립을 꾹 눌러쓴 채 종

종걸음으로 그 자리를 떠났다. 장내에는 그가 남긴 한마디가 맴돌았다.

"……난 말할 수 없다."

짐작할 수 없기 때문이다.

과연 성구몽은 어떻게 행동할까?

그들은 유극문에 들어왔지만 한 번도 제자를 받지 않았다. 처음부터 그들의 목적은 절학의 전수가 아니다.

아니, 애초부터 그들은 제자를 만들 수 있는 신분도 아니었다. 태오의 존재는 어쩌면 성구몽과 태월하가 가장 두려워하던 역린(逆鱗)을 건드릴 수도 있었다.

\* \* \*

내가 기운을 찾은 건 이틀만이다. 성구몽 장로는 침상에서 일어난 나를 데리고 인근의 산속으로 들어갔다. 원래 건물 내에서도 수련할 수 있지만, 숲의 기(氣)가 회복을 빠르게 하는 효과가 있다고 한다.

"지금 네 내공은 충분히 검법(劍法)을 전개할 만한 수위가 된다. 짧은 수련 동안 집중한 덕분에 충분히 기본을 쌓아 놓은 것이다."

"내공?"

"소주천을 돌리면서 단전을 두 번 더 경유해 보아라. 그게 사룡광마혈의 대주천(大周天)이다."

나는 의심없이 성구몽 장로의 말대로 호흡과 함께 심법을 전개해 보았다. 그러자 단전에서부터 시뻘건 공 같은 기운이 움직이기 시작했는데, 나는 깜짝 놀랐다. 분명히 수련을 시작할 때만 해도 콩알처럼 작았던 게 지금은 마치 주먹처럼 커져 있었다. 꿀렁거리며 혈맥을 움직일 때마다 몸이 뜨거워지는 듯했다.

한 번 대주천을 마치고 나자 전신이 목욕이라도 한 것처럼 따뜻해졌고 눈에서 저절로 맑은 빛이 흘러나왔다. 겨우 운기 한 번으로 이런 효과가 나올 줄은 몰라서 나는 가슴이 떨렸다. 마치 몸이 내 것이 아닌 것처럼 자유로웠다.

성구몽 장로가 못마땅한 듯 말했다.

"참고로 누구나 한 달 만에 그 정도 공력을 쌓는 것은 아니다. 지금의 네 공력은 보통 사람이 삼 년은 용맹정진(勇猛精盡)해야 이룰 수 있는 수준. 육합천멸진이 큰 도움이 된 것이니, 앞으로도 급속도로 공력을 쌓지는 못한다."

"네?"

나는 납득이 되지 않아서 말했다.

"그럼 한번 더 육합천멸진 안에서 내공을 수련하면 안되는 겁니까?"

"안 될 건 없지만…… 네 코에는 얼마 전부터 기묘한 냄새가 감돌고 있을 것이다."

나는 콧등을 만지작거렸다. 확실히 성구몽 장로의 말대로 의식을 찾았을 때부터 코끝에 달짝지근하면서도 매캐한 냄새가 감돌고 있었다. 잠잘 때나 쉴 때나 떨어지지 않아서 후각에 문제가 생겼나 여기고 있는 참이었다.

"천멸진을 구성할 때 쓰이는 멸향(滅香)의 성분은 강도가 약한 마약(痲藥)이다. 중독성은 보통 마약보다 낮은 편이지만 네 녀석은 이십오 일이나 들이킨 상태. 내 내공으로 탁한 중독 성분을 몰아냈지만, 한 번 더 멸향을 맡으면 어떤 금단증상이 나타날지 모른다."

"마약이 무엇입니까?"

"이런 거지."

성구몽 장로가 품속에서 조그마한 향을 꺼냈다. 틀림없이 내가 수련할 때 육합의 방위로 놓여져 있던 향이다. 이상한 건 향을 태우지도 않았는데, 보자마자 머리가 어지럽고 관자놀이가 아파졌다. 그리고 묘한 쾌감과 함께 내장이 울렁거리는 기분이 들었다.

맡고 싶다…….

이해되지 않는 현상 때문에 비틀거리자 성구몽 장로가 그럴 줄 알았다는 듯 멸향을 손으로 쥐어서 부숴 버렸다.

나는 멍하니 아깝다는 생각을 하며 쳐다보았다.

"육합천멸진은 지금은 멸문(滅門)한 모산파(茅山派)에서 전해지던 고대 도가(道家)의 비술이다. 육합의 방위에 따라 멸향을 놓고 안에서 수련하면 정신력이 빠르게 고갈되지만, 전신에 잠재되어 있는 기가 깨어나서 내공이 엄청나게 빠르게 쌓인다.

문제는 지금 너처럼 금단증상이 일어나게 된다는 것이다. 지금은 머리가 아플 뿐이겠지만, 한 번 더 사용하면 도저히 네 의지로는 어쩔 수 없다. 모산파의 도사들은 멸향을 이용해서 대단한 공력을 쌓아서 한때 강소성의 패왕으로 군림했지만, 멸향 중독 때문에 멸망해 버렸지."

"통제할 수 없다는 겁니까?"

"그래. 고수의 정신력이라도 한계는 있다. 멸향은 신경계에 직접 작용하기 때문에 축적되면 인격을 한순간에 날릴 수도 있다. 고매한 도사들이 타락해서 인육에서 멸향을 채취하려 했을 정도니, 짐작이 가느냐?"

"......"

나는 나중에 알게 되었지만 모산파의 멸망은 구십 년 전에 있었던 일이다. 그때 모산파는 큰 성세를 누리다가,

멸향이 공급되지 않자 도사들이 광증에 시달렸다. 그리고 모산파의 영향력 아래에 있던 마을과 무림문파를 습격해서 살육을 저질렀다.

그들은 인육을 먹으면 정신이 맑아지는 걸 깨닫고는 거리낌없이 학살을 저질렀는데, 그때 죽은 인간이 무려 수천 명이나 된다고 한다. 결국 타 지역의 무림문파들까지 와서 모산파 도사들을 토벌했으나 이후 강소무림은 크게 쇠퇴했다.

순간 나는 섬뜩한 기분에 몸을 떨었다. 그렇게 위험한 비술(秘術)을 내게 시험하다니, 내가 살육에 미친 인간이 되어도 좋다는 소리인 건가? 내가 말은 하지 않고 성구몽을 노려보자, 그가 훗하고 웃었다.

"걱정 마라. 너는 한 번 들이마신 것뿐이니 한 달 정도 지나면 완전히 잊을 수 있을 것이다. 내가 쓴 것도 원본을 희석시킨 물건이니 망가질 걱정은 안 해도 된다."

저걸 말이라고 하는 건가? 나는 단호하게 말했다.

"유극문을 나가겠습니다."

성구몽 장로가 눈썹을 꿈틀거리자, 나는 이를 악물고 말했다. 갑자기 내가 무림에 품고 있던 몽환적인 감정이 무너지는 걸 느꼈기 때문이다.

"단전을 폐쇄하든 근맥을 끊든 마음대로 하십시오. 저

는 더 이상 당신을 믿을 수가 없습니다."

마약이 뭔지는 바로 짐작이 간다. 그리고 중독될 경우에 일어날 파멸도 눈에 뻔히 보였다. 하나뿐인 제자에게 그런 수법을 시험했다니, 눈앞의 성구몽 장로 밑에 있다가는 목숨이 열 개라도 모자라겠다.

"흐흐…… 크흐흐흐!!"

성구몽은 흉소를 흘렸다. 그의 눈에서 혈광이 번뜩였다.

"어리석은 놈. 내가 어째서 일부러 멸향의 정체를 가르쳐 줬겠느냐? 입 다물고 있으면 네놈이 반발하지도 않을 텐데."

"……."

"내가 너를 제자로 받아들인 이유는 내 이론을 시험해 보기 위해서다. 재능으로 한계를 돌파하는 자와 광기 어린 노력으로 달인에 도달하는 자. 그들과는 다른 방식으로 무극(武極)에 접근하는 존재를 만들고 싶은 것이다."

전신에 한기가 몰아쳤다. 지금 성구몽 장로는 내가 실험체라는 말을 태연하게 하고 있다. 나를 어르거나 달랠 생각은 하지 않고, 태연하게 자기 속셈을 밝힌다. 살인멸구(殺人滅口)할 생각을 가지고 있다는 걸 알 수 있었다. 내가 침묵하고 있자 성구몽의 말이 이어졌다.

"어차피 네가 유극문을 떠나고자 한다면 나는 너를 죽일 수밖에 없다. 아직 본격적인 수법(手法)은 가르쳐 주지 않았으나, 네가 익힌 사룡광마혈의 공력은 유출되면 안 된다. 솜씨 좋은 자라면 호흡을 훔치는 것만으로도 내 수법을 대부분 간파할 수 있기 때문이다."

"그럼 단전을 폐쇄하십시오."

"크크. 그래 농부로 사는 데 내공 따윈 필요 없을 것이다."

소름 끼치게 웃던 성구몽 장로가 달래듯이 다정하게 말했다.

"하지만 생각해 보아라. 너는 극한의 집중력으로 한번에 정신력의 한계를 돌파했다. 내공을 폐쇄해도 이미 멸향의 효과로 육신통(六神通)의 일부가 눈을 뜬 상태. 통제할 수 있는 내공이 없는 상태에서 초감각만 높아지면 네놈은 언젠가 미쳐 버릴 것이다."

거짓말이 아닌 듯했다. 왜인지는 모르지만 그에게서 풍기는 기운이 읽히면서 심정을 유추할 수 있을 것 같았다. 미묘한 안구의 이동, 근육의 움직임, 바람의 흔적이 피부에서 느껴졌다. 이게 아마 성구몽 장로가 말한 초감각일 거라고 생각하면서 나는 입술을 질끈 깨물었다.

결국 나는 성구몽 장로나 유극문을 벗어날 힘이 생길

때까지는 계속 여기에 있어야 하는 셈이다. 나는 잠시 생각하다가, 이 자리에서 섣불리 결정하는 걸 포기하고 질문했다.

"그럼…… 내게 진실을 가르쳐 준 이유는 뭡니까?"

"네 녀석이 아무것도 모르면서 중독 증세 때문에 멸향을 찾아헤매다가 폐인(廢人)이 되면 곤란하니까! 기왕 너를 [제자]로 가르치는 김에, 최대한 숨기는 것 없이 지내고 싶다."

"……"

"앞으로는 네게 함부로 위험한 방법은 쓰지 않겠다."

숨기는 것 없이 솔직하게 지낼 리가 없다. 나는 촌무지렁이 농부의 자식이지만, 무협소설을 자주 봐 왔기 때문에 소면호리(笑面狐狸) 같은 인간이 세상에 많다는 걸 알고 있다. 눈앞의 성구몽이 하는 말도 절대 믿을 수가 없다.

나는 표정없이 성구몽 장로에게 말했다.

"알겠습니다. 그럼 무공을 가르쳐 주십시오."

성구몽 장로의 얼굴에 미소가 짙어졌다. 내가 빠르게 체념한 건 아니다. 이럴 때는 언제나 단 하나의 법칙밖에 없다는 사실을, 무협소설에서 읽어서 알고 있기 때문이다.

## 힘을 키워서 강해진다!

무림에서 하나뿐인 절대명제다. 나머지는 일단 나중에 생각하자.

성구몽 장로는 그날 하루 동안 내게 유극문의 기초 검법인 소영검법(消影劍法)의 기본형을 가르쳐 주었다. 소영검법은 총 십육 식(十六式)으로 이루어져 있는 검법인데, 특이하게도 검법 자체에 쾌(快), 환(幻), 강(强), 변(變)이라고 할 만한 특징이 매우 드물었다. 초식 하나하나가 밋밋했고 이어서 펼쳐 봐도 그리 강하다는 느낌이 들지 않았다.

나는 한 번 소영검법을 본 적이 있어서 기본형을 다 따라하는 건 두 시진이 지나자 가능했다. 전부 외웠다고는 할 수 없지만, 한 이틀만 연습하면 왠만큼 외울 수 있을 것 같았다. 성구몽 장로는 내게 간식으로 가져온 고기만두를 건네 주며 말했다.

"네가 무공을 전수받는 순서가 다른 문도들과 다르다는 걸 명심해라. 보통은 유극신공의 기초를 익힌 후, 몽환권(夢幻拳)을 수련한다. 몽환권의 성취가 충분하다고 여겨지면 그때서야 소영검법을 습득하는데 여기까지 보통 이 년이 걸린다."

"어째서 권법부터 수련해야 합니까?"

"권법(拳法)은 검법보다 더 쉽고 재능을 살펴보기 쉬우니까! 자신의 몸으로 투로(鬪路)를 익히는 재능은 그대로 검술에 적용되기 때문에 거기에 맞는 진도를 설정해 줄 수 있는 것이다."

세 입으로 고기만두를 먹어 치운 성구몽 장로가 검지로 나를 가리켰다. 그는 식탐이 별로 없는지, 조막만한 만두를 하나 먹고도 배가 부르다는 표정이었다.

"지금 네 육체는 매우 허약하다. 어려서 근골(筋骨)이 충분히 발달되지 않았을뿐더러 영양실조와 장기간의 밀실 생활로 체력이 떨어져 있다. 이 상태에서 섣불리 내공을 돋우어서 검을 수련하면, 네 녀석은 탈진할 게 뻔하다."

"그럴 거 같습니다."

"그러니, 남는 시간에는 식사를 많이 먹고 내공 없이 검만 휘두르도록 한다. 일단은 근육과 체력을 키워라. 어차피 제대로 된 상중하단세를 훈련하지 않으면 검술의 형(形)을 수련해 봤자니까."

식사를 많이 하라는 말은 반갑게 느껴졌다. 평소에는 제대로 먹지 못하고 굶는 일도 많았는데, 유극문은 돈을 많이 버는지 식사가 매우 맛있고 푸짐하게 나왔기 때문이다.

나는 땀을 잔뜩 흘린 후에 저녁때가 되어서 미친듯이 밥과 고기를 목구멍으로 삼켰는데 맛있어서 미칠 것 같았다.

문득 따뜻한 차를 마시고 있을 때 내 모습이 잔에 비쳐졌다. 그 순간 영문 모르게 집에 있는 부모님이 떠올라서 울컥하는 기분이 들었다. 할 수 있다면 부모님한테도 이렇게 맛있는 밥을 먹여드리고 싶었다.

"……이제 됐어."

나는 아무도 없는 곳에서 고개를 뒤로 젖혔다. 눈물 흘리는 건 짜증 나는 기분이 들어서 싫다. 기왕 힘든 일을 겪는 바에는 늘 웃으면서 지내는 편이 훨씬 이득이라고 생각한 것이다.

덥다.

이따금 검을 휘두를 때마다 뱃속이 뜨거워지는 듯한 느낌이 들었다. 나는 오늘로 사흘째, 소영검법의 기본형과 중단세 내려치기만을 반복하고 있다. 팔이 끊어질 것처럼 아플 때는 앉아서 운기(運氣)를 했는데, 그러면 신기하게도 근육통이 가라앉으면서 몸에 새로운 힘이 차올랐다.

지금은 중단세 내려치기를 막 삼천 번째 끝내고 나무 밑에 앉아서 쉬는 중이다. 내 자세를 봐주던 성구몽 장로는 이따금 호통을 치기도 했다. 자세가 잘못되면 길을 돌아간다는 소리를 하면서 죽어라 휘두르게 시켰다. 사흘 동안 벌써 오천 번도 넘게 휘두른 것 같다.

하지만 생각보다는 힘들지 않았다. 원래 논일을 하면서 고된 일에는 익숙해져 있었고, 근육이 비명을 지른 후에는 한결 버티기가 수월해졌다. 정상적이라면 열흘은 갈 근육통이지만 내공의 힘이 근육통을 단축시켜 주는 모양이었다.

성구몽 장로가 쉬고 있는 내 앞에 다가왔다.

"하체가 나쁘지 않아서 시간을 단축시킬 수 있겠군. 이제 소영검법은 다 외운 것 같으니 제대로 된 진기의 흐름을 가르쳐 주겠다."

"네."

나는 기진맥진한 상태에서도 바로 반응했다. 성구몽 장로의 말에 따르면 이제 내가 수련할 수 있는 시간은 채 한 달도 남지 않았다. 열서너 살의 어린놈이 살아남으려면 자는 시간도 아끼면서 필사적으로 하는 게 당연할 것이다.

"우선 중단세를 잡아 봐라."

시키는 대로 올바른 중단세를 잡았다. 꿈에도 나올 만큼 지겹게 연습한 자세라서 몸에 밴 것 같았다. 성구몽 장로는 자신의 검을 잡고 똑같은 자세를 잡은 후 내 맞은편에 섰다.

"지금 너와 나의 간격은 정확히 일 장 반. 실전에서 가장 많이 나오는 간합(間合)이다. 그럼 어째서 일 장 반이라는 거리가 사람들에게 가장 익숙한지 알고 있느냐?"

"검을 휘둘렀을 때 막을 수 있는 최대의 간격일 것 같습니다."

나는 망설임없이 무협소설에서 봤던 이야기를 말했다. 분명히 주인공이 검술 수련을 하는 장면에서 설명이 나왔다. 그러자 성구몽 장로는 약간 기괴한 표정을 지었다. 그는 당황했는지 약간 헛기침을 하더니 말했다.

"맞다. 좀 더 정확히는 인간의 반응 속도가 침처럼 가늘어져서 상대방의 경계선에 맞닿는 거리다. 일 장 반에서 더 가까우면 사투(死鬪)가 빈번해지고, 더 멀어지면 상대방이 다른 수법을 준비하고 있다는 뜻이 된다."

스윽.

그 순간이었다. 성구몽 장로의 몸이 매우 미묘하지만 움직였다. 초감각이 눈뜨지 않았다면 시각과 나뭇잎 소리 때문에 놓칠 뻔했지만, 분명히 느꼈다. 성구몽 장로가 흡족한 미소를 지었다.

"잘 알아챘군. 이게 바로 실전에서 쓰이는 보법(步法)이다. 경공을 쓰면 말보다 빠르게 뛰어다닐 수 있지만, 결국 적과 싸울 때는 땅에 정확히 발을 붙여야 한다. 보다 정확하게 '땅(地)'에 균형을 잡고 자신의 움직임을 통제할 수 있는 자가 뛰어난 검술을 가질 수 있게 된다."

파앗!

나는 깜짝 놀랐다. 눈동자에 미미하게 비칠 정도로 빠른 속도로 성구몽 장로의 몸이 움직이더니, 공간에 잔영(殘影)을 만들어 냈기 때문이다. 희끄무레한 정도였지만 만일에 숲이 조금만 더 어두웠다면 구분하지 못했을 것이다. 나는 놀라서 질문했다.

"그건 무엇입니까?"

"일류급 고수들의 속도를 보여준 것이다. 아까 네가 포착했던 미약한 움직임에 기(氣)를 싣고, 근육의 탄성을 올리면 순간적으로 발에 날개가 달린다. 족력(足力)이 정확한 보법에 따라서 강해지면 분신(分身)도 가능해진다. 실전에선 계속해서 이 정도 속력으로 움직인다고 보면 된다."

성구몽 장로는 자신의 검을 검집에 집어넣었다. 분명히 철검인데도 넣을 때 소리가 거의 나지 않았다.

"물론 너는 충분한 내공을 지니고 있으니 보법과 경신술을 십 주야 정도 수련하면 웬만한 강호의 도둑놈만큼 빠르게 움직일 수 있을 거다. 하지만 강호의 이류 도적들은 몸이 날래지만, 정면 대결에서 놈들을 두려워하는 무림인은 거의 없다. 왜 그런지 알겠느냐?"

"……모르겠습니다."

이건 무협소설에도 나와 있지 않는 얘기다. 확실히 경공과 무공이 꼭 비례하는 건 아니라는 설명이 나와 있지만, 왜 그런지는 설명되어 있지 않다. 머리를 굴려 봐도 정확한 답변이 나오지 않았다. 내가 고민하고 있을 때 성구몽 장로가 왼쪽 손을 들어 올리고, 오른쪽 발을 들어 올렸다.

"자 봐라. 왼쪽 손과 오른쪽 발이다. 너도 평소에 크게 의식하지 않아도 쉽게 움직일 수 있는 동작이다."

"네."

"사지(四枝)는 머리에서 명령하는 대로 움직인다. 해보면 알겠지만 상황에 맞춰서 사지를 단순히 들고 내리는 것도 헷갈리기 일쑤다. 심도 깊은 무학으로 들어갈수록 점차 머리는 복잡해지는데 몸은 헷갈린다."

부우웅!

갑자기 성구몽 장로의 몸이 엄청나게 빨라지더니 앞에 있던 나무에 권각(拳脚)을 연타했다. 내공을 실었는지, 도끼질을 몇 십 번은 해야 부러질 만한 나무가 기우뚱하며 허리가 끊어졌다. 성구몽 장로가 나를 돌아보았다.

"이건 아직 네 안력(眼力)으로는 파악할 수 없겠지만, 몽환권(夢幻拳)의 초식을 두 번 연환한 것이다. 왼발로 가격하는 동작과 허리를 축으로 비트는 동작, 경(經)을 모아서 장심에 모으는 동작, 힘을 빼면서 오른팔로 적의 공세를 견제하는 동작까지 네 가지를 동시에 해내야 하지. 이걸 그냥 생각하기도 힘든데 직접 펼쳐 내려면 매우 힘든 일이 된다."

"경공의 발동작에 집중하면서 손발의 조화를 맞추는 일은 매우 어려운 일이라는 말이군요."

"그렇다. 사실 네가 기본형을 토할 때까지 익혀야 하는 이유는 거기에 있다. 검술이든 권법이든 모든 동작에는 뜻(意)이 담겨 있고, 연마하다 보면 머리와 몸이 일체가 되어서 움직임의 낭비를 줄일 수 있기 때문이다."

동시에 중단세를 미친듯이 연습하라는 이유를 알 수 있었다. 모든 검술 동작의 기본형이 되는 동작을 몸에 배여 놓게 하면, 당연히 파생되는 검초(劍招)를 시전할 때도 한결 수월해질 것이다.

나는 성구몽 장로가 가르쳐 주는 대로 소영검법의 기본형을 느리게 시전하면서, 전신의 경락에서 배출되는 기(氣)를 모아서 검끝에 모으는데 집중했다. 도중에 상체와 하체의 균형도 신경 쓰지 않으면 안 되는 일이라 매우 힘들었다.

그리고 소영검법에 포함된 소영보(消影步)라는 열두 가지 유형의 걸음걸이도 일일이 외워야 했다. 같은 소영검법 초식이라도 소영보의 미묘한 변화에 따라 전혀 다른 초식으로 변했다. 연환(連環)이 달라지기 때문이다.

정신없이 검술을 수련하는 동안 들려오는 장로의 말이 마음을 무겁게 했다.

"시간에 맞추려면 이 정도는 나흘 안에 끝내야 한다. 네 녀석은 사룡광마혈(死龍狂魔血)의 광혈인(光血印)을 익힐 때까지는 잠잘 시간도 없다는 걸 명심해라."

"잠을 자면 안 된다니……."

"나흘 후까지 이 수련을 끝내지 못한다면, 수업은 여기서 끝이다. 너에게 그 이상은 가르치지 않겠다."

처음에는 농담인 줄 알았지만 성구몽 장로는 농담을 하는 게 아니었다. 내가 기본형을 수련하느라 술시(戌時)까지 악에 받쳐 있는데, 졸리고 잠이 오는데도 계속 수련하라는 한마디를 남기고 가 버렸다.

정말로 잠을 안 자면 체력 부족 때문에 죽을지도 모른다. 내일 아침까지 멀쩡하게 수련할 수 있을 리가 없다. 하지만 소영검법의 습득에 실패해서 성구몽 장로가 전수하지 않는다는 건 그리 좋은 뜻이 아니다. 성구몽 장로는 비전절기의 유출을 막고 싶어 하기 때문에, 성장하지 못하는 제자를 가만히 놔둘 위인이 아닌 것이다.

즉, 이것 또한 생사의 갈림길. 죽이 되든 밥이 되든 다시 파고들어야 하는 것이다. 나는 어째 무공을 익히기 시작한 다음부터 엄청나게 힘들다는 걸 깨닫고 기가 막혔다.

보통 무협 주인공들은 이렇게까지 고되게 첫 수련을 하지는 않는다. 물론 복수를 목적으로 어두운 과거를 가진 경우는 달랐지만, 적어도 나는 그들처럼 명확한 이유가 있는 게 아니다. 그냥 안 익히면 장로가 나를 죽이니까 익히는 것이다. 무공 수련이 재밌긴 하지만 죽을 각오를 하고 익혀야 할 이유는 되지 않는다.

나는 잠시 생각하다가 피식 웃었다.

"어렵게 생각하지 말자."

그냥 죽을 상황이면, 죽을 각오로 익혀 보고, 안 되면 죽으면 된다. 더 생각해 봐야 의미도 없다. 나는 눈이 충혈된 상태에서 저번에 육합천멸진 안에서 내공을 수련했을 때처럼 미친듯이 집중하기 시작했다.

불생불멸(不生不滅)을 중얼거리기 시작하자 의식은 침잠하지만 육체가 기계적으로 반응하기 시작한다.

휘두른다. 휘두른다. 몸에 배이게 한다.

오직 그것만 생각하면 된다······

덜컥!

다시 정신을 차린 건 내 자신의 의지였다. 정확히는 지금까지 기계적으로 반복하고 있던 기억이 존재하지만, 이성을 날려 버리고 있었던 것이다. 아직 새벽 동이 트지 않아서 사부가 돌아오지 않았지만 나는 다시금 검을 휘둘렀다.

안 되면 될 때까지 그냥 계속한다.

수련이 종료된 것은 이틀 후였다. 말 그대로 [안 자고] 계속 수련과 운기를 반복하던 중, 나를 지켜보던 성구몽 장로가 퉁명스럽게 내뱉었다. 그는 약간 괴물을 보는 듯한 눈을 하고 있었다.

"그만. 이제 충분한 것 같구나. 마지막으로 확실하게 익혔는지 시험해 보겠다."

"네."

"삼 장 밖에 있는 저 나무를 적이라고 생각하고, 네가 할 수 있는 한 최대한 빠르고 정확하게 [제거]해 봐라."

나는 물끄러미 나무를 바라보았다. 나무의 크기는 성구몽 장로가 부숴 버린 것과 비슷했는데, 역시 두 팔로 안아도 다 안을 수 없을 만큼 두꺼웠다. 게다가 참나무라서 단단하기도 할 것이다. 도끼를 들고 있어도 힘든 일을, 이런 장검(長劍)으로 하라니 무리한 주문이었다.

불생불멸…….

하지만 나는 반쯤 멍한 상태로 조용히 움직였다. 내 몸
은 어느새 반사적으로 소영보를 펼치며 소영검법의 초식
을 움직이고 있었다. 상체, 허리, 하체의 근육이 한 치의
어긋남도 없이 움직이면서 좌측 대각선을 크게 잘라 내었
다. 칼끝에서 우윳빛 검광(劍光)이 한 순간 치솟아 올랐
다.

덜컹!

미끄덩 하면서 나뭇등걸이 나이테를 보이면서 잘려 나
갔다. 나는 무아지경에서 빠르게 깨어나면서 검을 집어넣
었다. 잘은 모르겠지만 손쉽게 해낸 것 같아서, 장로의 평
가와 상관없이 기쁜 느낌이 들었다.

하지만 뒤를 돌아보자 성구몽 장로의 표정은 그리 좋지
않았다. 그는 자신의 수염을 푸들 떨면서 중얼거리고 있
었다.

"……무심(無心)의 검기(劍氣)…… 보통 쾌검수가 십
년을 각고의 노력을 해도 얻을 수 없는 경지를 손에 넣었
단 건가……?"

"장로님?"

성구몽 장로는 내가 반문하자 정신을 차린 듯, 내 어깨
를 두들겼다.

"일단 따라와라. 체력을 회복시켜야 하니, 내일은 하루 종일 푹 쉬거라."

그 말을 듣자 정신이 번쩍 들었다.

그렇다. 성구몽이 뭐라고 하든 알 게 뭔가. 일단 쉬고 보자!!

나는 다시 유극문 건물로 돌아와서 정신없이 잠에 취했다. 너무 육체적으로나 정신적으로나 한계상황까지 다다르는 일이 많았다. 그럴 때마다 차라리 울고 싶었지만 그냥 웃으면서 버티고 있는 상황이다.

나는 잠들기 전에 달을 보면서 멍하니 생각했다.

아, 깨어났을 때는 보름달이었으면 좋겠다.


*　　　*　　　*


한편 성구몽 장로는 밤의 어둠을 뚫고 태월하 장로에게 가 있었다. 태월하 장로는 늘 새벽녘까지 운공(運功)을 하는 버릇이 있었으므로 깨어 있었다. 난데없는 방문에 태월하는 당황했지만, 차를 내 와서 성구몽 앞에 놓았다.

달각하는 소리와 함께 성구몽 장로가 뜨거운 차를 한 모금 들이켰다.

"큰일났네 태월하."

"뭐가 말씀이십니까?"

성구몽 장로는 뚫어져라 찻잔의 바닥을 내려다보다가 말했다.

"자네 무심검(無心劍)에 도달한 검사(劍士)를 본 적이 있나?"

"음…… 많지는 않습니다. 강호행을 하던 시절에 많아 봤자 다섯 번을 보았던가? 개중 제일 빨랐던 건 종남파(終南派)의 현천검수(玄天劍獸)였습니다."

태월하는 인상을 찌푸리며 과거의 일을 회상했다. 무심검이란 쾌검(快劍)을 목적으로 연마하는 검사들이 도달하는 경지로서, 정(情)과 마음(心)을 버리고 최선의 쾌검을 떨쳐 내는 것이다. 당연하지만 무심검은 특정한 무공이 아니라서 강호에서 웬만큼 한다는 검객들은 익히고 있었다.

"그자들의 나이는 어땠지?"

"나이가 어땠다뇨? 대개 젊어도 삼십대였고, 사오십대도 많았습니다. 딱히 강했던 건 아니지만 어쨌든 쾌검을 연성하는데 시간이 오래 걸리니까요."

태월하의 말은 지극히 정론이었다. 보통 쾌검이 아니라 만검(慢劍)의 연성이 느리다고 생각하기 쉽지만 반대였다. 만검은 자신의 기세를 확실히 담을 수 있다면 그 순간 대부분의 수련이 끝나지만, 선후(先後)를 가리는 게 전부인 쾌검술은 오랜 세월의 수련이 필요했다. 자신의 마음조차도 깎아 내는 괴로운 과정이기 때문이다.

"……."

"형님?"

"만일…… 십대의 소년 시절에 무심검의 검기(劍氣)를 터득한 자가 있다면 어떨 것 같나?"

태월하는 잠시 숨을 멈추었다. 어째서 성구몽 장로가 야밤에 찾아와서 뜬금없는 질문을 했는지 눈치챘기 때문이다. 그는 불신감 때문에 눈을 데굴데굴 굴리다가, 놀란 가슴을 진정하며 천천히 대답했다.

"전 그런 일을 들은 적이 없지만, 십 년 후에는 자기 또래 중에 적수를 찾기 힘들 거라고 생각합니다."

"그래, 그렇지……? 무심검을 터득했다는 건 모든 동작이 최적화되어 있다는 뜻이고, 내공과 검술이 높아질수록 쾌검(快劍)은 한계 없이 빨라질 테니."

"형님, 설마……?"

"나는 오늘 불완전하긴 했지만 태오 녀석에게서 무심(無心)의 정화(精華)를 보았네."

성구몽 장로의 목소리가 들떠 있었다. 그 자신은 의식하지 못했지만, 순수한 무인으로서 놀라운 것을 보았다는 기쁨이 감돌고 있었다. 열기를 띈 채 성구몽 장로가 말을 이었다.

"노제. 나는 오늘 진심이 되고 말았다네. 미운 꼬마놈을 괴롭혀 주고 싶었지만…… 포기했어. 예순이 다 된 나이에 후계자를 만들라고 하늘에서 내려 준 인연인 듯해."

"형님…… 형님."

태월하는 넋을 놓은 듯 성구몽 장로를 불렀다. 그러더니 등 뒤의 탁장에서 화주(火酒) 한 병을 꺼내 와서 탁자위에 놓았다. 그는 굳은 얼굴로 화주를 자신의 잔에 따르고는 단숨에 들이켰다.

"헷갈리시면 안 됩니다. 그건 재능이 아닙니다. 천인일재 같은 게 아니라고요."

"알고 있네."

"마도(魔道) 중의 마도(魔道)라고 볼 수밖에 없습니다. 지금 보이는 성취에 현혹되면…… 형님까지 함께 파멸하게 될 겁니다. 불꽃에 이끌리는 나방처럼."

"파멸? 멋진 단어로군. 썩 괜찮아."

"형님!"

쾅!

순간 태월하의 술잔이 거대한 파괴음을 내면서 탁자를 부숴 버렸다. 화주 병이 내동댕이쳐지면서 깨지고, 공력이 일으킨 파장이 공기 중에 퍼져 나갔다. 화주 잔을 들고 있던 태월하는 입술을 질끈 깨물었다.

"잊으셨습니까? 우리는 '업(業)'을 해결하기 전에는 제자를 만들 수 없습니다! 전대 유극문주조차도 해결해 주지 못했던 업…… 어떻게든 남은 시간 동안에 방법을 찾아야 생존(生存)할 수 있습니다."

"……."

"우리는 어차피 내공이 조화경(造化境)에 도달해 앞으로도 오십 년간 거의 늙지 않는 상태. 성급히 후계자를 만들려 하실 필요가 어디 있단 말입니까."

태월하가 성구몽 앞에서 이토록 격한 감정을 보인 일은 거의 없었다. 십 년 전에 유극문주가 패했다는 소식에 원통한 눈물을 흘린 때 외에는, 언제나 얼음처럼 냉소적이고 신경질적이었다. 그만큼 태월하가 진심으로 성구몽을 만류하고 있다는 뜻이었다.

잠시 침묵하던 성구몽이 말했다.

"천휘문과의 일이 해결되면, 나는 남은 시간 동안 모든 절학을 태오에게 전하는 데 집중할 걸세. 대가는 나 스스로 책임질 테니 자네들에게 불똥이 튀진 않을 걸세."

"불똥이라니…… 제길! 대가가 두려워서 이 장강사신(長江死神) 태월하가 언성을 높이는 줄 아십니까!"

태월하가 답답한 듯 이를 악물었지만 성구몽은 쓰게 웃었다.

"노제. 전에 자네와 술을 함께하면서 말했을 걸세. 사람과 사람의 만남은 하늘이 정해 주는 것이기에, 함께 숨을 쉬는 이 순간에 모든 몸과 마음을 다 한다고. 나는 유극문주와 훌륭한 의형제들과 함께 지내는 모든 시간을 감사하게 생각하고 있네."

"⋯⋯."

"자네까지 죽을 필요는 없어. 그리고 꼭 내가 죽는다는 보장도 없고."

"웃기는 소리를 하시는군요."

태월하가 격렬한 감정을 애써 숨기며 비웃었다. 심장에서는 부글거리는 분노와 슬픔이 끓어오르고 있었지만, 어떻게든 의형을 설득하기 위해서는 냉정해져야 했기 때문이다.

"천하인들이 입을 모아 백귀일성(百鬼一聖)이라 합니다. 인간으로서는 이길 수 없는 괴물입니다. 우리는 그 사실을 이미 십 년 전에 깨달았지 않습니까? 아무런 대책도 없이 덤벼드는 건 자살(自殺)이라고 합니다!"

"자네는 나를 너무 우습게 보는군."

"네?"

성구몽 장로가 편하게 웃었다. 그의 눈빛에는 젊었을 적의 패기와 열정이 다시 살아나 있었다. 문주가 죽고 나서 십여 년, 그냥저냥 살아온 노인네의 냄새가 싹 가신 상태였다.

"확신하고 있기 때문에 내 목숨까지 걸 수 있는 것일세."

이어진 말에 태월하는 할 말을 잃었다.

"분명히…… 십년 후에…… 태오 그놈은 신룡전(神龍戰)에 나갈 수 있을 게야."

신룡전이라는 단어의 무게에 두 사람은 말이 없어졌다.

세상에 공식적으로는 존재하지 않는 또 하나의 검성전(劍聖戰). 신룡전의 존재를 알고 있는 자는 강호에서도 매우 극소수지만, 분명히 존재한다. 강호에서 절세고수로 군림하던 그들은 거기에 얽매여서 평생을 보내고 있었다.

두 의형제는 달이 기울어, 차가운 이슬이 풀 끝에 맺힐 때까지 말없이 화주를 주거니 받거니 했다. 납득하든 납득하지 못하든 결국 술 한 잔으로 시름을 달랠 수밖에 없는 게 사내의 삶이기 때문이다.

# 5.
# 귀검(鬼劍)

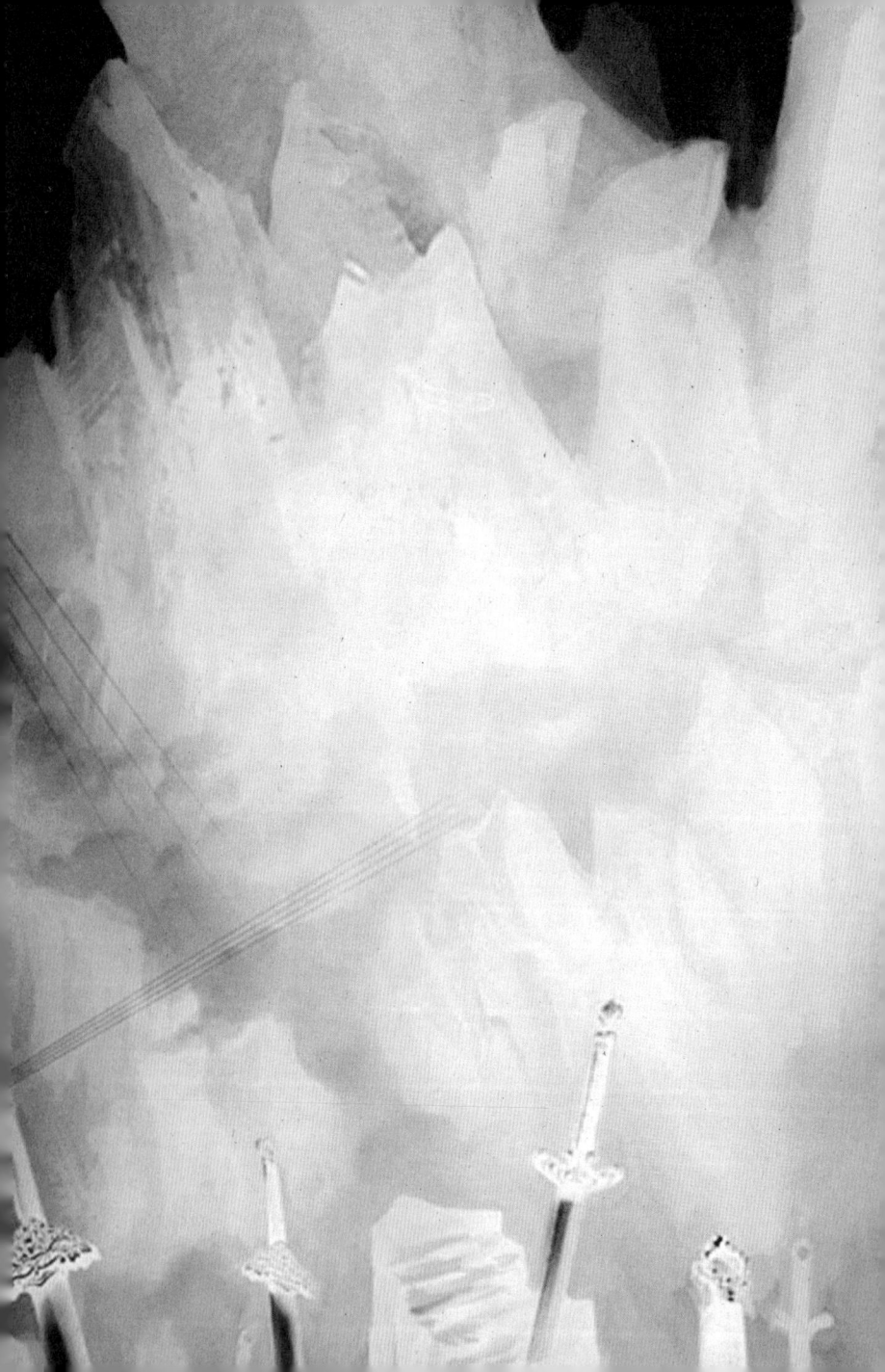

태오가 무심검을 펼쳐 내던 시점, 천휘문의 밀실(密室). 혹은 천휘문의 대소사를 처리하는 방에서 나직하고 굵은 목소리가 흘러나왔다.

　"익이가 죽었다고……."

　귀검(鬼劍)이라 불리는 장문영(長汶泳), 혹은 정주제일검(鄭州第一劍)이라 불리는 검호(劍豪)는 흐릿한 눈에 호리호리한 체형의 삼십대 중반의 사내였다. 나이 든 기생 오라비처럼 느긋한 모습이라서, 처음 그를 보는 사람은 누구도 그를 천휘문에서 제일가는 고수라고 생각하지 않았다.

지금 그는 숭산에서 소림사의 허락을 받고 폐관수련(廢關修練)을 하던 중에 천휘문도들의 손에 강제로 끌려나온 상태였다. 귀검 장문영 앞에 서 있는 그의 형, 장문산(長汶汕)은 버럭 소리를 쳤다.

"그래!! 천휘십검은 살해당하고 익이의 목이…… 소금에 절여져서 보내졌다!!"

장문산은 동생인 귀검만큼은 아니었지만 상당한 고수였다. 비록 지룡전(地龍戰)에서 탈락하긴 했지만 충분히 일대를 주름잡을 만한 절정고수. 그가 분노를 뚝뚝 실어서 내공을 뿜어내자 방이 흔들리면서 가구가 요동쳤다.

장문산의 눈에서 분노의 안광이 일렁였다.

"절대 용서할 수 없다!! 유극문 놈들의 사지를 모조리 뽑아 버리고, 목으로 익이의 제사를 지내겠다!"

달그락, 달그락!

"형님 그만하지 그래. 비싼 가구야."

타악!

하지만 이내 방의 진동이 멈췄다. 귀검 장문영이 가볍게 칼자루로 탁자를 친 것뿐이었는데, 천휘문주(天輝門主) 장문산의 무형지기(無形之氣)가 완전히 제압당한 것이다. 그것도 반발로 장문산에게 내상이 가지 않을 정도로 절묘하게 기(氣)를 차단한 솜씨라서 장문산은 깜짝 놀랐다.

'이 녀석이 그새 또 진경(進境)이 있었단 말인가? 놀랍다!'

아들의 죽음을 잠시 잊을 정도로, 장문산은 무인으로서 거대한 경이(驚異)를 느꼈다.

자신의 동생이 처음으로 검(劍)을 손에 잡은 건 열다섯 살 때의 일이다. 여덟 살 때부터 열심히 후계자가 되기 위해 천휘문의 절학(絶學)을 익혀 온 장문산과 다르게 장문영은 하는 둥 마는 둥 검술을 수련했다.

검을 잡기 전에는 천하제일숙수가 되겠답시고 요리 수련을 했었던지라 천휘문은 대부분이 장문영을 비웃고 무시했다.

그러나 무술을 수련한 지 고작 이 년만에 장문영은 장문산을 백초지적으로 깔아보았고, 오 년 후에는 천휘문 제일고수가 되었다. 가히 상상을 초월하는 성취인지라 장문산은 질투조차 느낄 수가 없었다. 자신이 한 걸음 나갈 때 동생은 스무 걸음씩 뛰어가는 느낌이었기 때문이다.

천인일재(千人一才)!

천재 중의 천재를 칭송하는 유일한 단어.

그중에서도 장문영은 특출난 부류라고 할 수 있다. 절정의 경지에 도달한 후에도 거의 막힘없이 쑥쑥 무공이

늘었기 때문이다. 결국 마지막으로 열린 이십 회 검성전(劍聖戰)에서 천룡전 십육강에 출전했을 때, 중원에서는 천휘문에 괴물이 나타났다는 사실을 인정했다.

화산파에서 한 자루 검으로 고아한 검선(劍仙)의 경지에 올랐다는 대장로가 출전했는데도 오백 초의 접전 끝에 이십대 중반의 장문영에게 꺾인 것이다!

화산파 대장로의 검기(劍技)는 천휘문의 기본 검법인 천휘삼절검(天輝三絶劍)에 속절없이 박살 나 버렸지만, 장문영 이전에 누구도 천휘삼절검으로 천류매화신검(天流梅花神劍)을 꺾을 수 있다고 생각지 않았다.

중원의 호사가들은 가히 귀신의 검(鬼劍)과 같다고 두려워했으며, 황제 또한 관객의 여론을 수용해서 귀검이라는 칭호를 하사했다.

한마디로 귀검 장문영은 현 강호에서 십육 위 안에 들어가는 초고수(超高手)이다!

"흠."

달칵.

장문산의 기세가 진정되자 귀검 장문영은 천천히 상자를 열었다. 염습되어서 썩지 않은 채 눈을 감고 있는 조카, 장현익의 목이 상자 안에 있었다.

장문영은 숭산에서 올 때만 해도 거대한 분노가 치솟을

거라 여겼지만, 막상 조카의 목을 봐도 무덤덤한 기분이
들었다.

"얘 어쩌다 죽은 거야 형님?"

"……애들에게 못 들었나?"

귀검은 심드렁하게 대답했다.

"유극문 문주한테 죽었다는 얘기는 들었어. 여자애라
며? 근데 내가 폐관하기 전까지만 해도 그쪽과 혼담이 오
가고 있었잖아. 사돈이 뜬금없이 우리 애를 죽인 이유가
뭔지 짐작이 안 가는데."

"너, 이놈! 혈육이 죽고 천휘문의 명예가 모욕당했다!
이 상황에서 그걸 따지게 생겼느냐!!"

마치 남의 일처럼, 너무나 무덤덤하고 냉정한 귀검의
말에 천휘문주는 기가 막혔다. 다른 사람도 아니고 조카
가 죽었는데 마치 옆집 사람이 죽은 것처럼 표정 변화나
기복이 하나도 없었다. 도저히 인간의 신경줄 같지 않았
다.

천휘문주가 길길이 날뛰건 말건 귀검은 자신이 할 말을
했다.

"뭐시냐, 강호에서 남의 목을 벨 때는 그만한 이유가
있잖아? 기왕 복수할 거면 저쪽에서 내세우는 명분을 알
고 싶은 거야. 그래야 제대로 칼을 맞대는 검사(劍士)다

운 거라고."

"크으으. 네 녀석은 정말로 평생 달라지질 않는구나."

천휘문주는 이를 부드득 갈았지만 어쩔 수 없이 설명해주었다. 동생 앞이므로 감춰두었던 꿍꿍이도 솔직히 까발렸다.

"······환령은 먼저 손에 넣는 자가 임자인 지역이다. 영향력을 손에 넣을 수만 있다면 소림사에 먼저 줄을 대든 무당파를 견제하든 맘대로 할 수 있지. 그곳을 지배하는 터줏대감이 유극문이다."

"아하!"

"새로운 유극문주가 어린 계집애라길래, 현익이의 배필로 적당하다고 생각했다. 코딱지만 한 문파를 쳐 봤자 망신이라서 방심하고 있었는데, 설마 이런 일이······!!"

다시 천휘문주의 감정이 격해지면서 기운이 일렁이자, 귀검은 곤란하다는 표정을 지었다. 일일이 기운을 제압하기도 귀찮을뿐더러, 다혈질 형님과 얘기하다 보면 자기까지 바보가 되는 느낌이 들었기 때문이다.

귀검이 짧게 한숨을 쉬었다.

"그러니까 현익이가 그쪽까지 찾아가서 처녀한테 몸 바치라고 깝죽대는 바람에 열받은 유극문주가 싹 다 죽여버렸단 말이잖아? 말을 빙빙 돌리지 말라고 형님."

지나치게 정곡을 날카롭게 찔러 버리자 천휘문주는 순간 굳어져 버렸다. 남의 일이라면 이런 독설(毒舌)을 할 수도 있겠지만, 혈육인 조카가 죽은 일이다. 이딴 소리를 지껄이는 귀검의 정신머리가 이해가 가지 않았다.

"이…… 이 미친 놈!! 현익이는 그런 애가 아니다!"

귀검이 신경질적으로 내뱉었다.

"알게 뭐야. 이미 죽은 조카한테는 관심 없어."

"……."

어이가 없어서 입을 쩍 벌리는 천휘문주였다.

어렸을 때부터 도저히 이해 불가의 존재였지만 이제 와서는 상대 불가의 수준이 되어 버렸다. 오죽하면 문파에서 얘기할 사람이 없다고 해서 불통(不通)이라는 별명까지 있겠는가? 귀검의 괴짜성은 정도를 지나쳐 있었다.

도리어 귀검은 피식 웃으며 말했다.

"형님. 그건 그렇고 유극문을 쓸데없이 건드리다니…… 머리가 왜 그렇게 나빠?"

"뭐라고?! 우리 천휘문이 그깟 시골 문파 하나 어찌 못한단 말이냐? 네 힘이 없어도 충분히 유극문 따위는 짓누를 수 있어!"

아마 귀검에 대한 의존도 때문에 문주인 자신을 얕보는 것이리라. 그렇게 생각한 천휘문주는 열받아서 외쳤다.

재능의 격차가 너무 커서 질투조차 못했지만, 아직도 약간은 동생을 시기하는 열등감이 상존하고 있었다.

"그렇게 생각하면 폐관한 나까지 부를 필요가 어딨냐고?"

"흥! 좋든 싫든 네놈은 우리 천휘문의 간판이니 말이다. 네가 나타나는 것만으로, 유극문 떨거지들은 감히 내 아들을 참살한 대가에 공포를 느낄 거다."

"……."

그 순간 귀검 장문영은 어이없는 표정을 지었다.

'이 인간 보게?'

그는 자기 형이 유극문의 진짜 실력을 알아채고서 자기를 불렀지만, 자존심 때문에 허세를 부린다고 생각했다. 그런데 말하는 양을 보자면 진짜로 유극문을 잡스러운 이류 시골 문파로 취급하고 있지 않은가?

그는 위기의식을 느꼈다. 그리고 관자놀이를 꾹꾹 누르면서 말했다.

"형님. 며칠 전에 본진을 습격당했다며? 그 때문에 출진이 늦어지고 있잖아. 사상자 정리하고 금전회계 다시 짠다고."

"그래, 그런 일이 있었지. 의문의 괴한들에 의한 습격이었다."

"놈들이 유극문 문도라면 만만치 않은 놈들일 거 같지 않아? 순식간에 사십 명이 죽고 삼십 명이 중태잖아."

달래듯이 귀검이 이야기를 끌고 나가자, 천휘문주는 움찔하더니 대답했다.

"그…… 그래. 그자들은 상당한 고수로 추정된다. 무공이나 별호는 알아내지 못했지만 적어도 지룡전(地龍戰)에서 활약할 수준 같더군. 사실 네가 그 괴한들을 상대해 줬으면 하는 바람이 있다."

"몇 명인지 알아?"

"뭐라고?"

"놈들이 몇 명이라고 추측하냐구."

천휘문주가 자신 있게 대답했다.

"행적과 위력으로 보아 최소 칠 인조 이상의 단체다. 사실 충분히 감당이 가능하지만 네가 우리 문파의 기를 살려 줘야……."

어이없는 표정을 짓던 귀검은 아버지의 유언을 떠올렸다. 그리고 서러움을 느꼈다.

'아, 아버지…… 저 힘들어요.'

결코 형을 바보 취급하지 말고, 형을 도와서 문파를 잘 이끌어 가라는 유언이었다. 그러나 형은 무공 재질은 둘째치고 두뇌도, 준비성도 부족했다. 형이 더 바보 소리를 하기 전에 귀검이 말을 끊었다.

"두 명이야."

"뭐?"

"오기 전에 습격 장소를 보고 왔어. 그럴듯하게 흔적을 위장했지만 내 눈은 못 속이지. 딱 두 명이서 무영지경(無影之境)으로 휘저으면서 여러 명인 척한 거야."

"……."

천휘문주는 입을 닫았다. 나름대로 자신과 천휘문의 사범들은 강호에서 명망 있는 고수라서 안목에는 자신이 있었다. 그러나 절대 귀검 장문영의 안목을 의심할 수는 없다.

무공에 관한 한, 귀검이 그렇다면 그런 것이다. 섭리이자 법칙이나 다름없다.

잠시 후 그의 얼굴이 경악으로 물들었다.

"뭐, 뭐라고? 단 두 명이서 그게 가능하단 말이냐?"

"그래. 그럼 당초 예상보다 무위(武威)가 두 배는 뛰어오르지? 형님. 그만한 고수를 두 명이나 보유한 곳이 유극문이라고."

"……."

"내 생각이지만 그 두 명이 합공하면 나도 꽤 힘들 거야."

그제야 천휘문주는 상황을 깨닫고 정색했다. 지금까지는, 반쯤은 복수하는 자신의 슬픔에 도취되어 있었지만, 아들의 죽음 이상으로 현실이 다가왔다. 겨우 두 명이서 귀검 장문영을 상대할 수 있는 초절정고수들이 존재한다면, 유극문을 치는 일은 전력(全力)을 기울여야만 한다.

"게다가 형님. 전대 유극문주가 어떤 사람인지 정말 모르는 거야?"

"뭐? 어떤 사람인데?"

멍하니 쳐다보는 얼굴에, 귀검은 기가 막혀서 욕이라도 한사발 하고 싶었다.

"허허."

동생으로서 그래도 형이라면 잘할 거라고 생각해서 걱정없이 폐관수련에 들어갔던 참이다. 그런데 얘기를 해 보니, 현장에 있는 본인이 백 리 길을 떨어져 있던 귀검 자신보다 아는 게 없었다.

'후우, 대체 먹어 치울 문파에 대해서 조사도 거의 하지 않다니, 형님 미친 거요? 천휘문이 구파일방 다음가는 세력이라고 해도 구파일방급은 아니잖소! 지금이야말로 검성전의 명예를 안고 조심스럽게 세력을 넓혀야 하는데, 왜 이렇게 경솔한 건지……!!'

하고 싶은 말이 산더미 같았지만 참았다. 어느 정도는

귀검 자신에게도 책임이 있었기 때문이다.

천룡전(天龍戰)에서 화산파 대장로를 꺾고 천휘문에 거대한 명예를 안겨 준 게 귀검 자신이다. 이후로도 급속히 제자를 받고 세력을 늘리면서, 깝죽대는 사파나 적대 세력은 모조리 귀검 혼자서 쳐부쉈다. 그동안 연전연승만 하다 보니까 천휘문주의 허파에 바람이 들어가 버린 것이다.

'차라리 은거를 빨리 했어야 했다.'

하지만 자질이 떨어지는 형님이 문파를 말아먹기 전에, 최대한 문파를 흥하게 해야 한다는 강박감이 있었다. 무수한 전투를 치르면서 천휘문의 선봉에 섰던 건 오로지 아버지의 유언을 지키고자 하는 마음 때문이었다.

귀검은 오만 생각을 지우면서 말했다.

"아, 그래. 십 년 전에 전대 유극문주가 다른 명호를 써서 출전했으니 모를 만하지. 그럼 혹시 천무검왕(天武劍王)이라는 명호는 들어봤어, 형님?"

"처, 천무검왕? 그는 천룡전 사강(四强)에 오른…… 천하 사대고수잖느냐."

"맞아."

귀검이 귀찮은 듯 말을 이었다.

"나는 도중에 천빙마녀(天氷魔女)에게 져서 탈락했지

만 천무검왕은 흑천뇌제(黑天雷帝)를 꺾고 천하 사강까지 갔지. 현재의 유극문주는 천무검왕의 딸이야."

"......!!"

그가 쓴웃음을 지으며 조카, 장현익의 절여진 목을 들어 올렸다.

"조카의 목을 자세히 봤어? 난 보자마자 놀랐다고. 천무검왕이 검성전 때 보여 준 그 엄청난 쾌검결(快劍決)이 고스란히 스며 있어서."

천휘문주의 눈이 홉떠졌다. 생전 처음 듣는 사실이다.

정말로 전대 유극문주가 천무검왕일 줄은 몰랐다. 그 말이 사실이라면, 어쩌면 천휘문은 잠자는 호랑이를 건드린 걸지도 모른다.

"천하 사대고수, 천무검왕의 무공, 대체 어떤 걸지 궁금하지 않아 형님? 시골 문파라도 천무검왕쯤 배출했으면 제법 하는 편이겠지, 안 그래?"

"크...... 으윽......"

귀검이 비아냥거렸지만 천휘문주는 입이 열 개라도 할 말이 없었다. 어설프게 욕심을 부리는 바람에 갑자기 문파의 명운을 걸고 항쟁을 벌이게 되었기 때문이다.

그것도 천무검왕의 사문(師門)과!

귀검은 비아냥을 멈추고 진중하게 말했다.

"형님. 그나마 다행인 건, 아직 호랑이 새끼가 다 크지 않았다는 거야."

천휘문주가 고개를 들어서 동생, 귀검을 바라보았다. 귀검은 한량처럼 느긋한 성품에 생김새였지만 빈틈이 없고 뛰어났다. 분명히 이 상황에도 해결책을 갖고 있을 게 분명하다.

"아마 문파를 습격한 건 천무검왕을 흠모해서 유극문에 모인 무림의 은거고수들일 거야. 개개인이 충분히 천룡전 (天龍戰)에 출전할 역량을 갖고 있어. 그들은 분명히 만만한 상대가 아니지만…… 다시 말하자면 은거고수만 빼면 유극문은 별거 아니란 거지."

귀검은 앉은 자리에서 대부분의 사실을 정황으로 추리해 내고 판을 짜고 있었다. 무력으로 일인자에 있으면서 군사(軍師)의 재능까지 갖추고 있다는 말이었다.

"그, 그렇군."

"형님. 당초 계획대로 그냥 생각 없이 정공법으로 들어가면 우리는 환령에서 전멸할 거야. 고수들이 길목에 은신하고 있다가 계책을 써 오면 일반 문도들은 버틸 수가 없다고. 그러니 우리도 확실하게 전력 우위를 바탕으로 조여 들어가는 편이 좋아."

순간 천휘문주는 상황을 상상하고 몸을 부르르 떨었다.

천휘문이 습격당했을 때처럼 산지와 연못에서 유극문의 고수들이 공격을 가해 오면, 학살이 일어난다. 귀검이 막아줄 수 있는 것도 한계가 있다. 허탈하게 병력을 소모하다가 정작 유극문 앞에 도착했을 때는 정면 승부에서 패배할 가능성이 높았다.

"조여 들어간다고? 어떻게?"

"정식으로 유극문에 결투첩(決鬪牒)을 보내."

"아니, 뭐라고!!"

천휘문주가 으르렁거렸다. 도저히 납득할 수 없는 제안이었다.

"내 아들을 습격해 살해한 놈들이다!! 유극문 놈들을 갈가리 찢어 죽여도 모자랄 판에 점잖게 결투나 하자고?! 결투는 이기든 지든 한 놈씩의 목숨밖에 빼앗지 못하잖느냐!!"

"진정해 형님. 저쪽 입장에서 생각해 보자고."

귀검이 나직이 말했다.

"결투는 삼전(三戰). 내가 나가면 무조건 일승(一勝)이야. 사람 하나가 귀중한, 조그마한 유극문에서는 핵심고수가 무조건 한 명 죽는다는 뜻이지."

귀검은 자신 있게 말할 수 있었다. 습격자들인 태월하와 채은, 두 사람의 무위는 일대일이라면 자기 손으로 충분히 꺾을 만했다. 물론 질 확률도 있었지만 얼마 전에 승산에서 경지가 오른 터라 자신감이 있다.

"……!!"

"결투첩을 보낼 때 이쪽에서 상대를 지정해. 놈들은 거부할 수 없어. 거부했다가는 계책이고 뭐고 전면전을 벌이겠다고 해 버려. 장기전으로 가면 골치 아프겠지만 놈들도 도박은 하고 싶지 않을 테니. 그리고 삼전의 승패가 어찌 나든 병력을 숨겨 뒀다가 한번에 결투장을 덮칠 수도 있어. 수백 명이 천라지망(天羅之網)으로 둘러싸면 살아나갈 놈은 정해져 있지. 한두 놈 살아남는다고 해서 강호에서 바뀌는 건 없잖아, 형님?"

"그, 그렇군."

천휘문주는 침을 꿀꺽 삼켰다.

정말 숨통을 조이는 작전이었다. 결투장을 습격해서 멸문시키는 일은 매우 비겁하고 수치스러운 일이지만, 문파 자체가 사라져 버리면 힘의 논리가 지배하는 강호에서 누구에게도 하소연하지 못한다. 잔재주를 못 부리게 전 병력을 모아 놓게 해 놓고 일망타진하겠다는 효과도 있었다.

천휘문주가 걱정스럽게 말했다.

"허나 삼전에서 나머지 두 명은 어찌한단 말이냐? 정말로 유극문에 숨어 있는 초절정고수들이 천룡전 수준이라

면 널 제외하곤 상대할 자가 우리 문파에 없다. 두 명의
목숨을 그냥 버리란 말이냐?"

"그건 걱정 마, 형님."

귀검이 눈짓을 까닥했다.

"어이 들어와."

"예."

"예."

그러자 소리없이 두 명의 청년이 걸어들어 왔다. 그들
은 기골이 헌앙하고 태양혈이 불룩 솟아 있어서 상당한
고수임을 알 수 있었다. 두 사람의 무공 수위를 눈어림으
로 재어 본 천휘문주의 얼굴이 일그러졌다.

"네 제자들이냐? 나이에 비해서는 뛰어난 성취지만 초
절정 고수에 비하면 턱도 없다. 그자들은 초인(超人)인데
장난칠 계제가 아니다."

"내 제자도 아니고 이 녀석들이 나가지도 않을 거야."

"뭐?"

"이봐. 천휘문주님 앞이다. 사문과 이름을 밝히도록."

귀검의 명령이 떨어지자 두 사람이 부복하며 말했다.
익숙한 듯 빠르고 절도 있는 동작이었다.

"저는 마환곡(魔煥谷) 마환존자(魔煥尊者)님의 둘째
제자, 서융입니다."

"저는 환사문주(幻絲門主)님의 제자, 광비입니다."

잠시 후 두 사람이 입을 모아서 외쳤다.

"사부님들께선 천휘문주님의 복수전 및 결투에 아끼지 않고 조력하겠다는 약조를 하셨습니다. 약조의 증명을 위해 도착했습니다."

"아, 아니? 마환곡? 환사문?"

천휘문주가 당황해했다.

마환곡과 환사문은 분명히 이 근처에서 천휘문을 은근히 넘보는 문파들이다. 전통의 강호로 세력이 천휘문보다 조금 못한 정도였다. 마환곡은 마도(魔道)에 가까운 문파였고 환사문은 정사지간(正邪之間). 확실한 건 경쟁자들이라는 사실이다.

귀검이 말했다.

"난 마환곡주, 환사문주와 개인적인 친분이 있어. 내가 습격자의 무위를 판단했을 때 바로 전령을 띄웠지. 그들이 결투에 나가 준다면 전승(全勝)을 기대할 수 있을 거야."

"그야 그렇겠지만…… 이들도 환령의 유극문을 노리고 있단 말이다."

천휘문주가 곱지 못한 눈으로 좌중을 노려보았다. 확실히 마환곡주나 환사문주의 무공도 천룡전 육십사강(六十

四强)에 들어갈 수준이다. 천룡전 출전 조건에 턱걸이 수준이긴 하지만, 어쨌든 당당한 절정고수인 것이다. 그들이 나선다면 왠만한 고수는 상대도 안 될 게 분명하다.

귀검이 심드렁하게 말했다.

"형님. 천무검왕의 문파라고. 우리 혼자 집어삼키기엔 너무 부담이 커. 차라리 일단 처리를 해 놓고 나중에 경쟁을 해도 되잖아."

"……어쩔 수 없겠군."

이윽고 사절로 온 마환곡주의 제자, 환사문주의 제자가 정식 동맹을 맺었다. 그들이 혈서로 인증을 하자 모든 절차가 끝났다.

이로써 유극문은 천휘문, 마환곡, 환사문을 동시에 상대해야 할 처지에 놓인 것이다. 하나같이 구파일방 다음가는 성세를 떨치는 대문파들이었다.

\*     \*     \*

나는 검술 수련의 피로가 가시자마자 다시 뒷산으로 향했다. 성구몽 장로는 새벽 일찍 일어나서 나를 기다리고 있었다.

내가 물끄러미 그를 쳐다보자 장로가 피식 웃었다.

"어지간한 피로가 아니었을 텐데 하루만에 회복되는군. 사룡광마혈의 공력이 궤도에 올랐다는 뜻이다."

"오늘도 소영검법과 소영보를 익히는 겁니까?"

"그건 오늘 한 시진만 수련해라. 오늘은 조금 다른 걸 가르쳐 주마."

뜻밖의 말이었다. 당연히 검술과 보법을 수련할 줄 알았는데 이상한 전개가 되어 가고 있다.

"네?"

"그건 기본형만 알면 된다. 앞으로도 왠만하면 하지 않을 거다."

나는 속으로 불안해서 답답한 기분이 들었다.

'뭐야 이거? 단기 특훈이라지만 너무 대충대충 넘어가는데.'

강호의 검객이나 도객들은 무기 하나를 잡고 수십 년씩이나 열성적으로 연마한다고 들었다. 그렇게 연습해도 경지를 뛰어넘지 못해서 좌절하는 일도 부지기수라고 한다. 그런데 고작 일주일 바싹 연습하고는 어물쩍 넘어가려고 하다니.

내 궁금증은 이윽고 소영검법 수련이 끝나자 밝혀졌다.

"자. 이게 소영검법 칠성(七成)의 위력이다."

탁! 탁!

성구몽 장로는 일부러 가져온 듯한 단단한 목검을 들어서 채찍처럼 나무를 후려쳤다. 아름드리나무였지만 두 번의 타격에 껍질이 쩍쩍 갈라졌고, 세 번째 타격에 윗동째 날아가 버리고 말았다.

쿠쿵하는 소리와 함께 참나무가 무너지자 나는 깜짝 놀랐다. 속도와 힘을 담은 것도 아니고, 그저 나무를 목검으로 두들겼을 뿐이다. 그런데 마치 태풍에라도 맞은 것처럼 나무가 찢어발겨진 것이다.

성구몽 장로가 설명했다.

"뛰어난 검객은 누구든 할 수 있는 일이다. 검끝에 기를 응축시켜서 내부에서 터뜨리면 강철로 된 인간도 죽일 수 있지. 네 녀석이 도달한 게 이 경지니까, 더 이상은 시간이 아까워서 수련할 필요가 없다."

"네?"

"너도 이걸 할 수 있단 말이다."

신경질적으로 대답한 성구몽 장로가 내게 목검을 휙 던졌다. 내가 반사적으로 붙잡자 그는 방금보다 두꺼워 보이는 참나무를 지목했다.

"너는 무심결에 가장 자연스러운 검세를 잡았다. 그때의 느낌을 살리되, 네 경락에서 뿜어지는 기가 검끝에 모인다고 생각해라. 곧 나무의 기(氣)도 느껴질 것이다."

내가 정말 할 수 있을까?

솔직히 의심스러운 일이었지만 나는 일단 해 보기로 했다. 되면 좋고 아니면 말고니까, 계집애처럼 자잘하게 신경 쓸 필요는 없다. 검끝에 정신이 모이더니 이윽고 내가 수련했던 내공이 썰물처럼 몰리는 게 느껴졌다.

따악!

목검으로 한 번 두들기자 나무의 기가 오그라들면서 나의 내기(內氣)가 침투하는 게 느껴졌다. 나는 순식간에 성구몽 장로의 말뜻을 알 수 있었다. 모아서 터뜨리는 것도 그렇게 어렵지 않았다.

파삭!

쿠구궁!

네 번째의 타격에 나무가 안쪽에서부터 수액(樹液)을 터뜨리며 무너졌다. 나는 한 달만에 어쩐지 괴물이 된 것 같아서 얼떨떨한 기분이 들었다. 멍한 표정으로 이쪽을 바라보고 있던 성구몽 장로가 헛기침을 했다.

"흠, 좋아. 이 정도면 네 몸 하나 지킬 정도는 된다. 오늘 가르칠 것은 적을 죽이는 방법이다."

"죽이는 방법이라뇨?"

"몸을 지키기만 해서는 결국 강호에서 죽고 만다. 너를 거역하는 적을 죽일 수단이 없으면 답답해지는 상황이 많지."

어째 할 말이 없어져서 나는 침묵했다. 정파의 무림인들은 수신(守身)을 최우선 가치로 놓고 수련한다는데, 이 양반은 대놓고 살법(殺法)을 전수하겠다고 하는 것이다. 그것도 한 달 전까지만 해도 평범한 농부의 아들이었던 내게.

"뭐, 일단 배우고 봅시다."

그렇다고 해서 나는 사람을 죽이는 게 옳은지 아닌지 따지고 싶진 않다. 인간이 만났을 때 결국 의지가 부딪히는 법이고, 상대방을 죽일 수밖에 없는 일도 생길 것이다.

무엇보다 나와 성구몽 장로가 그딴 철학적인 주제를 논해 봤자 시간 낭비일 뿐이다. 나는 힘을 얻어야 하고, 성구몽 장로는 힘을 줄 수 있다. 애초에 현실적인 거래가 끝난 이상 인간 목숨을 논하는 데 의미가 있을 리가 없지.

"오늘부터 전수할 게 사룡광마혈의 정수(精髓)인 광혈인(光血印)이다. 조금 전에 네가 시전했던 폭기(爆氣) 수법을 더욱 심화시킨 물건이지."

안 물어봐도 알 수 있다. 끝까지 익히면 사람을 일격에 폭사(爆死)시킬 수 있을 것이다. 흉악스러운 무공이었지만 나는 따지지 않기로 했다.

"저기, 인(印)이 들어갔다면 그건 장법(掌法)에 속하는 거 아닙니까? 지금까지 익힌 검법과 충돌하지 않을까요?"

내 이유 있는 질문에 성구몽 장로가 의외라는 눈으로 나를 보았다. 그는 자신의 수염을 쓰다듬으며 의혹 어린 표정을 지었다.

"네놈은 정말 이상하구나. 어떨 땐 뜬구름 잡는 얘기밖에 안 하다가, 지금은 경륜 있는 무림인 같은 이야기를 하니⋯⋯."

"그냥 그렇다고요."

나는 괜히 캐물을까 봐 얼버무렸다. 무협소설을 보고 생각했던 거라고 하면 무슨 말을 들을지 모른다. 내가 둘러대자 성구몽 장로가 설명해 주었다.

"물론 광혈인은 장법으로 펼치는 게 가장 위력과 응용력이 좋다. 허나 검법(劍法), 도법(刀法)으로도 전개할 수 있다. 기본적으로 폭기수법을 극한으로 끌어 올리는 경지라서, 요체만 이해하면 얼마든지 다른 무공에 적용할 수 있지."

스윽.

성구몽 장로가 자신의 왼손을 들어서 바닥에 갖다대었다. 꿇어앉은 자세가 되자 마치 잠이라도 자려는 것처럼 보였다.

성구몽 장로는 힐끔 나를 올려다보더니 말했다.

"십 장 밖으로 피해라."

"네."

나는 군말 없이 멀리로 도망갔다. 이건 무협소설의 단골 유형이다. 새로운 절세무공이 등장하면 묘사를 극대화시키면서 위력을 강조해 준다. 이 근처에 뻗대고 있어서 좋을 일이 없는 것이다.

내가 달려서 십 장 바깥으로 왔을 때였다.

쿠콰콰쾅!

마치 폭약이라도 터진 것처럼, 내 등 뒤에서 자갈과 흙바람이 마구 몰아쳤다. 나는 새 옷이 더러워지는 걸 신경 쓰기도 전에, 돌풍 사이로 어마어마한 기운이 뻗어 오는 걸 느꼈다. 지금까지 본 적이 없을 정도로 맹렬하고 강한 힘이라서 나는 기겁하면서 뒤로 굴렀다.

말이 십 장이지, 화살을 쏘아도 바로 맞추기 힘든 거리다. 나는 야산에 흙바람이 몰아치는 가운데 토괴(土塊)가 허공에 날아다니는 걸 보았다. 말 그대로 작은 구릉 하나가 망치에 맞은 것처럼 그대로 날아가 버린 것이다!!

무협소설에서 글로는 보았지만 육안으로 볼 줄은 몰랐던지라 나는 황당한 표정을 지었다. 이 정도 수준이면 지금껏 보았던 무협소설 중에서도 상위권에 들어가는 파괴력이다. 무협의 관용구인 '저게 사람인가'가 절로 입에서 튀어나온다.

쿠구구구······.

돌바람이 가라앉자, 그사이에서 시꺼먼 신형이 날아왔다. 신기하게도 성구몽 장로는 이 돌풍 속에서도 옷에 흙먼지 하나 묻지 않았다. 그는 잠시 손을 부들 떨더니 평정을 찾고는 말했다.

"이게 광혈인(光血印) 십 성(十成) 경지의 위력이다. 이 정도 위력을 보이고자 하면 내 내공의 삼 할을 소모해야 하지만, 그만한 가치가 충분히 있지."

나는 마치 터진 만두처럼 내려앉은 구릉을 말없이 바라보았다. 그리고 입을 열었다.

"······이걸 사람한테 쓴다고요?"

"조금 전에는 준비 동작이 커서 실전용이 아니다. 실제로는 지금의 절반 정도 위력으로 상대방에게 광혈인을 쏜아붓는 편이지."

"······."

절반 위력이라지만, 이딴 걸 사람이 맞으면 살아 있을 수가 없다. 강철로 된 인간도 죽인다는 게 절대 허언(虛言)이 아니다. 파괴력 하나로는 그야말로 화약고를 방불케 하는 엄청난 화력(火力)을 보유하고 있었다.

"검법에도 적용할 수 있다는 말을 알겠느냐? 검기(劍氣)에 광혈인의 수법을 응용하면 상대방은 예고없이 상반신이 터져 나간다. 익히기만 하면 낮은 수준에서는 무적(無敵)에 가깝다."

"그, 그렇네요."

검날을 부딪히다가, 뜬금없이 기운이 터지면 방어하기 매우 까다로울 것이다. 나는 광혈인의 사기성을 깨닫고 전율했다.

성구몽 장로는 꽤 힘을 쏟아서 피곤한지 바위에 걸터앉았다.

"넌 폭기의 요령을 터득했으니 사흘이면 광혈인 일 성(一成)의 성취를 보일 거다."

그리고 준비해 온 수통의 물을 들이켰다.

"광혈인은 사실 사룡광마혈의 내공수법을 발전시키다가 우연히 만들어진 수법이다. 하지만 그것만으로도 내 사문(師門)은 사천(四川)을 오십 년간 제패했다. 이 정도면 네놈이라고 해도 천휘문과의 전투에서 살아남을 수 있겠지."

"아직 부족한데요."

"뭐?"

성구몽 장로가 나를 째려보았다. 나는 성구몽을 바라보다가 어깨를 으쓱했다.

"이건 그냥 마주치는 놈을 다 죽일 수 있는 공격수법이

잖습니까?"

"그래. 뭐가 부족하단 거냐?"

"화살이 날아오거나, 다(多) 대 일로 싸우거나, 독을 뿌리면 어쨌든 몸뚱이가 약하니까 죽겠죠. 기를 둘러서 막아낼 수법이 필요한데요."

내가 따지고 드는 말에 성구몽 장로가 어이없어 했다.

"뭐라? 네놈은 지금 내게 호신강기(護身罡氣)까지 요구하고 드는 게냐?"

"호신강기란 게 진짜 있다면 말이죠."

나는 무림에 대해서 잘 아는 편이 아니라서 뒷말을 흐렸다. 이렇게 말을 해 놨는데 무림에 호신강기가 없으면 어떻게 한단 말인가? 분노한 성구몽 장로에게 오늘 맞아 죽을지도 모른다.

"호신강기를 아는 건지 모르는 건지 확실히 해라."

"잘 모릅니다."

"흥. 설명해 줄 테니 잘 들어라."

성구몽 장로는 물을 벌컥 들이켰다. 고수라도 갈증을 느끼면 어쩔 도리가 없는 모양이다.

"인간의 육체는 기(氣)를 두르면 매우 강해지지만 한계가 있다. 효율성이 외공(外功)을 따라갈 수가 없지. 시중에서 유명한 철포삼(鐵包衫)을 열심히 익히기만 해도 웬

만한 화살을 맞아도 아무렇지 않지만, 외공 없이 내공으로 이루는 경지는 적어도 사십 년 이상의 내공이 필요하다. 철인(鐵人)이 되는 건 매우 어렵고 구차한 일이지."

"네."

"기를 외부에 둘러서 선명한 호신강기를 만들 정도라면 천하에서 열 손가락 안에 든다고 봐도 좋을 게다. 그들도 언제나 두르고 다니는 게 아니라, 필요할 때만 극심한 내공 소모를 겪으며 시전하지. 무학의 최고급 전투술 중의 하나다."

거기까지 설명한 성구몽 장로가 나를 사납게 째려보았다.

"나도 잘 못하는 걸 어찌 너에게 전수할 수 있겠느냐?"

"음, 그래도 죽을까 봐 불안한데."

성구몽 장로는 내 징징거림을 듣기 싫다는 듯 손을 휘휘 저었다.

"그건 네 팔자인 법이니 나에게 따지지 말아라."

"물론 제가 죽는 건 제 팔자겠지만서도."

나는 능글능글하게 웃었다.

"제가 죽으면 장로님께서는 곤란하시겠죠. 장로님의 가르침으로 생존할 수 있다는 걸 증명할 수 없었던 셈이니."

성구몽 장로의 눈썹이 꿈틀거렸다. 내가 정곡을 파고들

자 딱히 할 말이 없는 듯했다. 나는 여기서 잘못하면 역린
(逆鱗)을 건드릴 수 있다는 걸 눈치채고 말을 이었다.

"제가 생각하기에 전 나름대로 배우는 속도가 빠르니
까, 방어수법 하나쯤 전수해 주셨으면 하는 겁니다."

"허. 광혈인과 다른 수법을 동시에 익히겠다는 거냐?"

"시간이 없으니까요."

"흐음! 하긴."

장로는 고민하는 표정을 지었다. 그러더니 중얼거렸다.

"어쩔 수 없군."

이어진 말에 내 표정이 크게 일그러졌다.

"태월하에게 가자."

# 6.
## 수선(水仙)

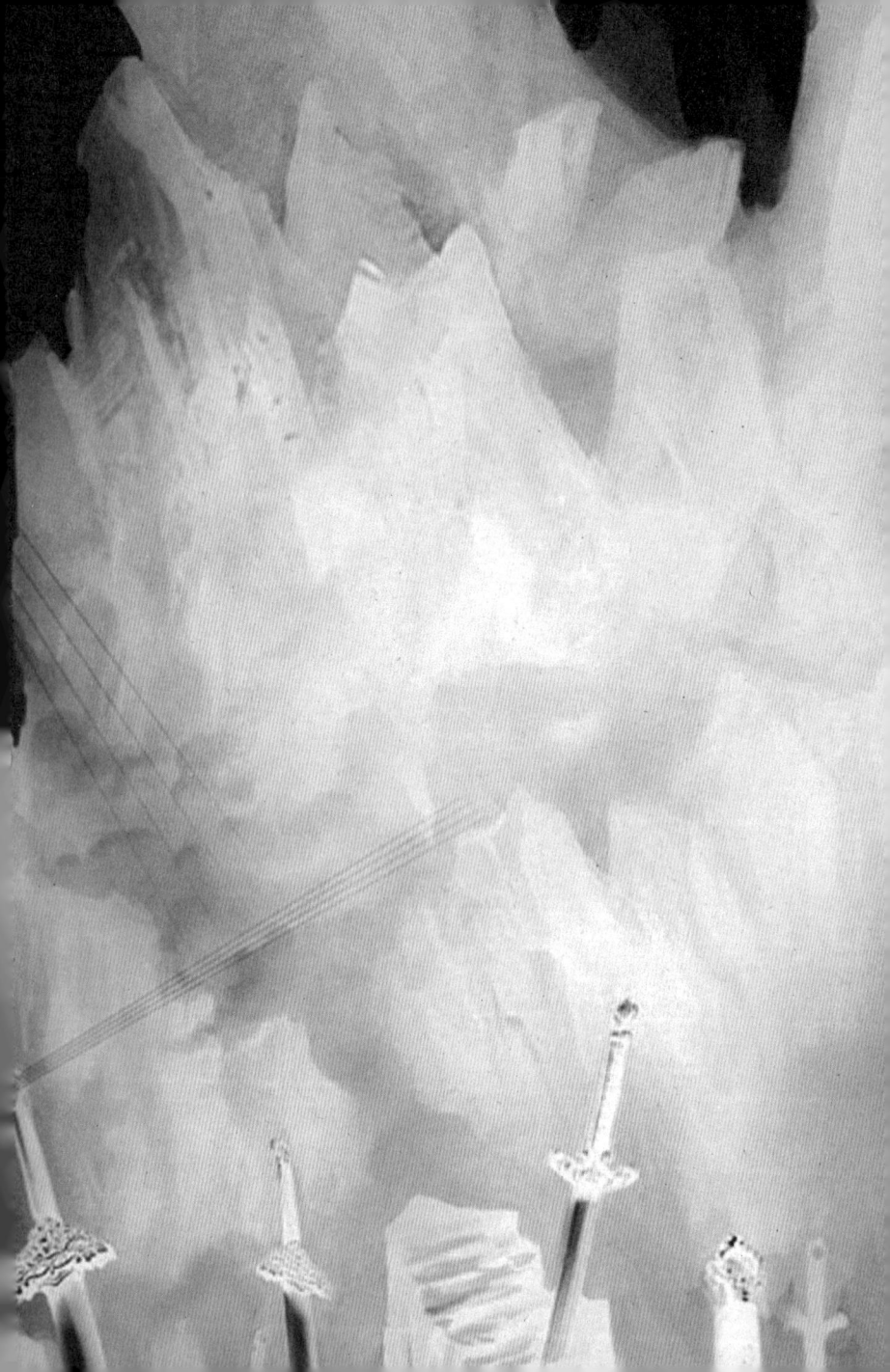

"네? 형님. 무슨 말씀이신지⋯⋯."

나는 성구몽 장로와 함께 태월하 장로의 처소에 왔다. 태월하 장로는 자신의 애검(愛劍)을 손질하고 있다가 우리의 방문에 당황하는 모습이다.

태월하가 나를 싫어한다는 사실을 알고 있으므로 되도록 눈을 마주치지 않으려고 했다. 첫인상에서 내게 살기를 내뿜은 건 성구몽 장로뿐만이 아니다. 태월하 장로도 할 수만 있다면 나를 패 죽이고 싶다는 뜻을 강하게 내비쳤던 것이다.

내가 쫄아 있을 때 성구몽 장로가 입을 열었다.

"자네도 알다시피 내 독문절학의 방어오의, 사룡포(死龍布)는 지금 전수하기가 어려워. 자네의 수선(水仙)은 습득이 빠르고 강력해서, 태오에게 익히게 하고 싶군."

사룡포?

어차피 나를 사룡광마혈의 전수자로 선택했을 텐데, 어째서 방어절기를 전수하지 못한다는 것일까? 내가 의문스러운 눈으로 쳐다보았지만 성구몽 장로는 반응하지 않았다.

"아…… 그렇지만……."

태월하 장로는 난처해하는 기색이다. 그는 닦고 있던 검을 검집에 집어넣고는 낚싯대를 집어들었다.

"아시다시피 수선은 제 독문절학입니다. 아무리 형님의 부탁이라지만 함부로 전수할 수가 없는지라……."

"어차피 수선이 두려운 까닭은 특수한 비밀이 있기 때문이 아니잖은가? 이놈이 익히기 나름이니까 까다롭게 굴지 말게."

"그게 더 문제란 겁니다."

태월하가 갑자기 나를 뚫어져라 쳐다보았다. 못마땅한 기색이 역력했다.

"재능이 없으면 아예 익힐 수도 없는 수법인데, 과연 이놈이 그 짧은 시간에 터득할 수 있겠습니까?"

대체 수선이 뭐길래 이리도 호들갑인 걸까.

태월하의 태도가 완강한 걸로 봐서는 함부로 전수하지 않는 비기(秘技)인 게 틀림없다.

성구몽 장로가 은근한 목소리로 태월하를 꼬셨다.

"생각해 보게. 무심검(無心劍)의 난이도가 수선보다 낮을까? 내 생각에는 충분할 거 같은데."

"흠…… 정말 기대를 많이 하시는 모양이군요."

태월하가 곧 한숨을 내쉬었다.

"어쩔 수 없군요. 전수해 주겠습니다."

"오늘은 광혈인을 연마해야 하니, 내일부터 사흘간은 태오를 자네가 맡아 주게."

"사흘이라…… 넉넉하군요."

나는 곧 성구몽 장로를 따라서 야산으로 되돌아 갔다. 성구몽 장로의 말대로 광혈인은 폭기의 요령을 발전시킨 느낌이라, 나는 별 어려움 없이 기초를 터득할 수 있었다. 내가 몇 번이고 복습하는 동안에 광혈인의 요령은 내 몸에 과일즙처럼 배어 들었다.

광혈인의 연성을 위해서 자세를 잡으며 기를 끌어 올리는 동안, 나는 문득 궁금함이 생겨서 질문했다.

"수선이 어떤 절기(絶技)길래 그러시는 겁니까? 태월하 장로님도 참 아까워 하시던데."

"흥, 복에 겨운 놈."

성구몽 장로는 술병을 들이키다가 퉁명스럽게 말했다.

"장강 일대의 무림인들이라면 수선사계(水仙四季)를 익힐 수 있다면 목숨이라도 바칠 게다……."


"난 네가 싫다."

다음 날 수선을 익히러 태월하 장로의 방에 갔을 때 들은 첫 마디다. 내가 무표정하게 그를 마주 보자, 그는 비직 뒤틀린 미소를 지었다.

"싫은 놈에게 기술을 전수하다니, 짜증이 나는군."

"안 하면 되잖습니까?"

퍼억!

그 순간 내 몸은 갑작스럽게 천지가 뒤집혀진 채로 방 구석에 처박혀 있었다. 가슴팍과 얼굴이 얼얼한 걸로 봐서는, 짧은 순간에 적어도 열 대는 얻어맞은 듯했다. 폐가 아파 오면서 피 섞인 기침을 토해 냈다.

"쿨럭!"

"말대답하지 마라. 난 성격이 나빠서 바로 죽여 버릴지도 모른다."

"……."

나는 태월하가 진심이라는 사실을 깨달았다. 지금까지

성구몽 장로는 살기를 내뿜긴 했어도, 내가 제자라고 생각해서인지 자제하는 면이 있었다. 하지만 지금 태월하의 살기는 말 그대로 정제된 초절정고수의 칼날과 다를 바 없다. 이 앞에서 농담이나 헛소리를 하다가는 그대로 심장이 멎고 말 것이다.

'뭐 이런 인간이 다 있어?'

하지만 나는 나중에야 알게 되었다. 문주를 포함해서 유극문은 대개 그런 사람들이 모인 곳이었고, 성구몽 장로의 원래 성격은 절대 태월하에 뒤지지 않는다는 사실을.

잠시 감정을 가라앉힌 태월하 장로가 자신의 낚싯대를 쓰다듬었다.

"네게 가르칠 것은 수선사계(水仙四季)라는 감응법이다. 사계절을 상징하는 사절(四節)에 각각 열 개의 변화가 존재한다. 외워야 할 건 총 사십 개뿐이니까 오늘 내로 식(式)은 다 터득할 수 있을 거다."

의외였다. 사십 개의 변화면 무공 중에서는 많은 것도 아니다. 복잡하다고 불리는 무공은 기본으로 일백 개가 넘었고, 어떤 경우는 이삼백 개나 되는 경우도 있었던 것이다. 확실히 천재가 아니라고 해도 하루만에 동작 마흔 개를 외우는 건 그리 어렵지 않은 일이다.

나는 침묵 속에서 약 세 시진 동안 밥도 안 먹고 조용히 수선사계의 움직임만을 반복 연습했다. 동작은 특정한 공격이나 방어가 아니라, 마치 춤(舞)과 같이 불규칙한 움직임이 이어지는 식이었다. 소영검법과는 다르게 동작에 어떤 뜻이 숨어 있는지조차 이해가 되지 않았다.

급기야 동작을 어느 정도 몸에 붙일 정도가 되자, 나는 내가 무공을 수련하는지 춤을 추는 건지 이해가 되지 않았다.

내가 알쏭달쏭한 표정을 짓고 있자 태월하가 비웃었다.

"수선사계의 움직임 자체는 누구나 따라할 수 있다. 장강 일대에서 식(式)을 따라할 수 있는 사람만 백 명이 넘을 거다. 하지만 그들 중 누구도 수선사계를 알고 있지 못하다."

"뭔가 비밀이 있으면 가르쳐 주십시오. 그걸 위해 여기에 온 게 아닙니까?"

태월하는 내 항의를 못 들은 척 낚싯대를 가지고 밖으로 걸어 나갔다. 그리고 나가면서 툭하고 한마디를 던졌다.

"수선화의 호흡을 봐라. 네가 수선사계를 익혀도 내 수선사계와 완전히 달라질 것이다."

그리고는 뒷산에 있는 강변으로 가 버린 듯했다.

태월하 장로가 늘 낚싯대를 들고 있는 건 고기 잡기를

너무 좋아해서일지도 모른다.

나는 태월하의 말에 끙끙거리면서 한참 동안 고민했지만, 이 의미없는 춤사위 동작에 어떤 신묘한 무공이 숨겨져 있는지는 감이 오지 않았다.

수선화의 호흡은 무슨 뜻일까?

속으로 몇 번이고 되뇌어 봤지만 그럴듯한 느낌이 찾아오지 않는다. 보통 무협 주인공들이라면 포기했을 때 갑작스레 깨달음이 찾아오게 되어 있지만, 내게도 그런 일이 생길지는 의문이다. 무엇보다 지금 내가 소설의 주인공이라고 확신할 수 있는 점이 없으니까.

'아, 귀찮아.'

결국 나는 한참이나 동작을 연습하다가 지루해져서 잡생각을 하게 되었다. 흔히들 잡생각이라고 불렀는데, 태월하가 낚시를 하고 있다면 참 재밌겠다는 생각이었다. 난 태어나서 낚시를 해 본 적이 없기에 마냥 고기 낚는 게 재밌으리라고 생각했다.

그러고 보니 낚싯대를 던지면 고기들은 왜 낚이는 걸까? 어떤 괴인이 독수리(鷹)의 부리는 왜 노랄까에 대해서 의문을 던진 적이 있는데 그것과 비슷하게 쓸데없어 보였다.

이런저런 생각을 하다가 수선화의 모양을 머릿속으로

떠올려 보았는데 봄 한 철에만 가득 핀다는 사실을 떠올렸다.

'봄이라. 결국 수선화는 봄에 피니까…… 봄의 호흡일 수도 있겠구나.'

봄에는 햇빛이 따스해서 그저 잠을 자고 싶다. 농사일을 돕다가도 햇빛이 따사로우면 풀밭에서 드러누워서 배를 내놓고 잘 때가 엊그제 같다. 하품을 하면서 받아들이는 공기 하나에도 봄의 냄새가 물씬 흘러들어 오곤 했다.

나는 이런저런 생각을 하는 중에 무의식적으로 몸을 움직이고, 의식은 점차 잠에 빠져드는 걸 느꼈다. 그렇게 피곤하진 않았지만 지루한 일을 반복하다 보니 생각도 하기 싫어졌기 때문이다.

나태와 빈곤한 상상력이 머릿속을 옭아매면서 내 의식을 점차 가라앉혔다.

머릿속엔 다시 불생불멸(不生不滅)이라는 글자가 스쳐 지나가고, 무수히 연속되는 쌍곡의 나선이 반복되었다. 무수한 점의 궤적을 통과해서 의식이 사라지는 지평선까지 향하는 장면이 그려졌다.

이 세상이 한갓 꿈이라면 좋을지도 모른다.

하지만 그것보다는 소설이라면 더 좋겠다.

그런데 나는 깨어 있다. 호접몽(胡蝶夢)이라고 하기엔,

아직도 생각을 하고 있다. 동시에 동작은 반복되고 있는 것이다.

"뭐야 이 녀석?"

태월하는 은신하고 있다가 슬며시 모습을 드러냈다. 그는 낚시하러 가는 척했지만, 사실은 숨어서 태오의 수련을 지켜보고 있었다. 도중에 막히게 되면 무공의 단서나 줄 생각이었고, 만일에 나태한 태도를 보인다면 그대로 패 버릴 속셈이었다.

성구몽 장로의 부탁 때문에 어쩔 수 없이 전수하곤 있지만 그다지 마음에 드는 놈이 아니다. 성구몽 장로의 제자가 아니었다면 태월하의 성격상 몇 번이나 죽이고 남았을 것이다.

그런데 태오의 행동은 그의 상상을 뛰어넘었다. 하염없이 느긋하게 수선사계의 동작을 반복하는 듯싶더니만, 어느새 눈이 풀리고 의식없이 움직이고 있었다. 위험한 상태인가 싶었지만 그것도 아니었다. 잘 살펴보면 눈동자는 명확히 고정되어 있어서 깨 있는 듯하기도 했다.

확실한 건 이게 바로 성구몽에게서 전해 듣던 태오의 '기묘한 상태'라는 것이다. 의식과 무의식을 구분하지 않고 자연스럽게 반야(般若) 상태로 접어드는 능력! 재능이라고 보기엔 애매했지만 확실히 태월하가 태어나서 처음

보는 유형이었다.

'의식은 없는 것 같은데 눈동자가 또렷하다. 이런 일도
있나?'

보는 사람에게 어쩐지 오싹함을 불러일으켰다. 귀신에
게 빙의당하는 상태도 저것보다는 이해하기 쉬울 듯했다.
살아 있지만 동시에 살아 있지 않은 '무언가'를 목격하는
기분이었다.

"헉!"

그때였다. 몰래 태오의 동작을 지켜보던 태월하는 벼락
같은 충격에 놀라서 낚싯대를 떨어뜨렸다. 놀랍게도 어느
순간, 태오의 움직임 중에서 봄(春)의 호흡을 따라가면서
점차 수선사계의 오의(奧義)에 접근하고 있었다. 경락을
통해 느껴지는 호흡의 율격이 완벽하게 그의 최고 회피기
와 닮아가고 있다.

'이, 이럴 수가! 무중생화(無中生花)의 변화를 이해하
고 체득하는 일이 저토록 자연스럽다니!'

수선사계.

과거 장강사신(長江死神)이라고 불리며 장강수로채주
마저 일대일로 쓰러뜨린 태월하 장로의 독문무공이다. 사
실상 무공이나 움직임이라기 보다는, '진정한 호흡(眞
呼)'이라는 흐름이었다.

태월하는 수선사계를 체득한 후부터, 동작에 구애받지 않고 상대의 힘과 속도에 따라 자연스럽게 회피할 영역을 지니게 되었다.

　태월하와 겨뤄 본 자는 마치 장강의 대류(大流)에 섞여 들어가는 듯한 느낌을 받게 된다. 태월하의 모든 움직임은 사십여 개의 기본 동작에서 비롯되지만, 단 하나도 겹치거나 낭비가 없었다. 그것은 태월하가 자연의 흐름을 읽고 마치 한 떨기 수선화꽃처럼 순응할 수 있기 때문이다.

　수선사계의 요지는 대자연의 '호흡'을 이해하고 무중생화(無中生花)의 이치에 자신의 움직임을 일치시키는 것. 동작은 곁가지에 불과했기에 무수한 장강 일대의 무림인들은 수선사계의 비밀을 알아내지 못하고 패배했다.

　다시 말하자면 운이 좋으면 하루만에도 얻을 수가 있고, 아니면 평생 가도 불가능한 기이한 절학이었다. 물론 하루만에 얻는 건 이론상의 이야기였고 태월하의 사문에서는 약 일 년 동안 대자연에 섞여서 뒹굴면서 호흡을 이해하려 했다. 태월하도 수선사계를 달통하기 위해서는 무려 육 년이나 되는 시간이 필요했다.

　사실 성구몽 장로도 태월하의 수선사계의 원리는 어렴풋이 알고 있었지만, 명확히 알지 못했다. 그래서 막연히 어렵다고만 이해하고 태오를 맡겼을 뿐 실제 난이도는 몰랐다. 태월하 본인이 육 년이나 걸려서 연성한 흉악한 난이도의 절기라고는 생각도 못했던 것이다.

"허허."

이어서 태월하는 허탈하게 웃었다. 태오의 움직임이 자신의 수선사계와 완전히 달라지면서 독립적으로 변하는 걸 알아챘기 때문이다. 수선사계는 사람마다 모두 다를 수밖에 없기 때문에, 달라져서 다른 형태를 보인 순간 완성(完成)으로 보았다.

화룡선도(花龍仙桃) 철수개화(鐵樹開花) 단계표향(丹桂飄香) 백화쟁염(百花爭艶) 화룡토주(花龍吐珠) 몽필생화(夢筆生花)로 이어지는 변화는 태월하가 즐겨 쓰는 흐름이다. 그러나 지금 태오가 보여 주는 움직임은 두세 가지가 뒤틀린 채 전혀 다른 동작이 되어 가고 있다.

'내 것은 여름(夏)…… 놈의 움직임은 차라리 겨울(冬)이구나.'

이제 태월하가 더 가르쳐 줄 것은 없었다. 보통 사람이라면 수십 년이 지나도 깨닫지 못할 절학을 한순간에 완성시켰기 때문이다.

순식간에 사문의 최대절기 하나를 꼬맹이에게 털려 먹은 상황.

화가 날 법도 하건만 태월하의 가슴속에는 알 수 없는 감정이 치솟고 있었다. 성구몽 장로가 태오에게 기대를 걸었던 까닭을 알 것 같았기 때문이다.

'그래…… 어차피 신룡전(神龍戰)의 괴물은 인간의 재능으로는 쓰러뜨릴 수 없다. 그렇다면 괴물의 힘이라도.'

태월하는 그 순간 결심했다. 성구몽 장로의 뜻에 자신도 동참하겠다고. 처음 무심검기를 익혔다고 했을 때도 반신반의했지만, 이 정도 수준이라면 충분히 가능할 거라는 생각이 들었다.

"어이. 일어나라!"

잠시 후 태월하는 태오를 깨우고, 멍하니 있는 태오에게 말했다.

"내일만 한 번 더 와라. 움직임만 정리하고 수련은 끝이니, 천휘문과의 대결 전까지 광혈인만 열심히 익혀라."

"사흘 동안 수련하는 거 아니었습니까?"

"더 필요없을 것 같군. 안 와도 된다."

태오가 인상을 찌푸렸다. 어쩐지 자신의 재능이 부족하다 생각해서 쫓아내는 것처럼 여겨졌기 때문이다.

태오의 생각을 아는지 모르는지 태월하가 잠시 후 말을 이었다.

"오늘 문주가 표국을 통해서 천휘문주의 서신을 받았다

고 한다. 일이 어찌 될지는 그 서신에 달려 있겠지."

*　　　*　　　*

바람이 맑은 날이다.

유극문주(有極門主), 사호(沙湖)는 자기 앞에 놓여진 서신을 물끄러미 바라보았다. 단정한 필체로 쓰여 있지만 일말의 살기(殺氣)가 읽는 자를 불안하게 했다. 원독(怨毒)에 가득 찬 증오의 맛이었다.

"청야평(晴倻坪)에서 결투를 진행한다. 총 삼전이선승(三戰二先勝). 무승부일 경우에는 최고의 실력자를 서로 앞세워서 결론을 낸다. 대결의 공증을 위해 마환곡(魔煥谷)과 환사문(幻絲門)이 참여하며, 결투자의 부재시 대리인이 출장 가능하다⋯⋯."

"흠."

"거부하면 귀문과의 혈채(血債)를 풀기 위해 마지막 한 사람까지 싸우리라⋯⋯."

사호가 무감정하게 서신의 내용을 읽고 있자, 유극문 사검사(四劍士)의 수장인 제갈휴가 퉁명스럽게 말했다.

"놈들이 무슨 개 짖는 소리를 하는지 모르겠군요. 당장 찢어 버리심이⋯⋯."

"나도 찢고 싶긴 했는데."

사호는 살짝 미소를 지으며 좌중을 둘러보았다.

"모두의 의견을 듣고 싶어서."

현재의 유극문을 이끌어 가는 실세인 삼대장로와 사검사가 모두 모여 있다. 그들은 하나같이 좋지 않은 표정을 짓고 있었다. 어떤 방식으로든 천휘문이 유극문에 복수를 해 올 거라고 생각했지만 너무 의외였기 때문이다.

결투(決鬪)!

강호무림에서 가장 일반적이고 보편화된 승부 방식. 거기에 세 번의 결투면 두말할 나위도 없다. 정정당당하고 전형적인 방식 중에서도 으뜸이라고 볼 수 있을 것이다.

하지만 이 자리에 모인 자들 중에 천휘문이 정말로 승부만 가리려 한다고 생각하는 사람은 없었다. 아들과 천휘십검의 목숨을 잃었는데, 고작 세 명의 목숨으로 성이 찰 리가 없기 때문이다.

채은 장로가 곰곰히 생각하다가 말했다.

"문주. 혹시 천휘문주 장문산이 뛰어난 인품과 도량을 가졌다 생각하시나요?"

"설마요, 장로님."

사호는 살포시 웃었다.

"귀검의 발끝도 못 따라가는 주제에 욕심만 거대한 인

물이죠. 전에 직접 만나 봐서 알고 있어요."

"역시 문주님이시군요."

채은 장로는 속으로 안도의 한숨을 쉬었다. 그녀는 만에 하나 문주가 잘못된 착각을 하고 있으면 바로 잡아 줄 생각으로 질문한 것이다.

역시 결투 제안에는 흉계가 있다고밖에 볼 수 없는 것이다.

사호의 눈빛이 서늘해졌다.

"그리고 사실이든 아니든 관계없어요. 이미 기호지세(騎虎之勢)…… 상대가 성인군자라도 적이면 밟아 버릴 뿐입니다."

"훌륭하신 자세입니다."

"자, 그럼 천휘문은 어떤 계략을 꾸미고 있을까요? 의견 부탁드려요."

그녀의 말에 좌중이 잠시 침묵에 싸였다. 사실 다들 짐작 가는 바는 있었지만, 자칫 잘못 말했다가 무안을 당할까 봐 입을 열지 못하고 있었다.

그때 문주를 제외하고 가장 서열이 높은 성구몽 장로가 입을 열었다.

"문주. 우선 나는 이 제안을 생각해 낸 게 귀검(鬼劍), 장문영 그자라고 생각하네."

"귀검이라고요?"

"그렇네. 이 자리에 모인 자들이 어수룩한 것도 아닌데 속셈을 짐작하기 힘들 정도의 은밀함이, 이번 결투 제안에 숨겨져 있지. 이런 고도의 계략은 천휘문주의 역량으론 불가능해."

"흐음. 상대를 얕보면 안 된다는 말씀을 하시는 거군요."

"그건 물론이고…… 나머지는 다른 친구들이 얘기해 주겠지."

슬며시 대화의 물꼬를 다른 자들에게 넘기는 성구몽의 모습에서는 연륜이 느껴졌다. 자연스럽게 회의의 진행을 터 놓고 분위기를 풀어 주는 건 문주 다음가는 이인자가 해야 할 일이 맞았다.

태월하 장로가 말했다.

"귀검이 생각했다면…… 아마 결투장에 나온 우리 유극문을 습격할 생각도 하고 있을 것이오. 죽은 자는 말이 없는 법이니, 천라지망을 사전에 펼 수도 있을 테지."

"결투 중의 습격이라. 정말 비겁한 짓이군요."

"문주. 강호문파는 종종 쓰는 수법이라오. 생존자 한두 명이 남아 봤자 신경을 쓰지 않으니, 명예를 생각지 않으면 얼마든지 있을 수 있소."

사호의 표정이 심각해졌다.

"하지만 그렇다고 해서 이 제안을 받아들이지 않을 수도 없어요."

"어찌 그렇소?"

"공증인으로 마환곡과 환사문을 끌어들였다는 건, 그들 또한 한패일 가능성이 높다는 것. 만일 그자들까지 합세해서 총력전이 되어 버린다면 정말로 승산이 없을 테니까요."

"흐으음."

태월하 장로가 침음성을 흘렸다. 지금까지 유극문에서는 천휘문만을 상대로 준비를 해 왔고, 승산은 반반이었다. 하지만 만일에 천휘문에 못지않은 마환곡과 환사문이 끼어들면 절망적인 상황이 되어 버린다. 좋든 싫든 결투를 받아들이는 쪽이 나은 것이다.

조용히 이야기를 듣고 있던 사검사의 일인, 알타리(斡他理)가 말을 꺼냈다. 그는 유극문 사상 최고의 천재 중하나로, 이십대 초반의 나이에 절정고수의 경지를 넘어섰다고 평가받고 있었다.

"하지만 결투장에서 습격할 작정을 하고 있다면 어차피 같은 게 아닙니까?"

알타리의 질문에, 전략전술에 해박한 편인 성구몽 장로

가 답했다.

"약간 다르네. 습격이라고 해도 이쪽에서 가능성을 먼저 염두에 두고 있는 이상, 놈들은 절대 우리를 전멸시키지 못해. 근거지를 버리는 한이 있어도 여기에 있는 여덟 명이 살아남는다면 천휘문 쪽이 곤란해질 걸세."

"그렇다면 놈들은⋯⋯."

"일단 결투는 그대로 진행시키되, 결투에서 만에 하나 지기라도 하면 그 자리에서 습격해 오겠지. 그건 어쩔 도리가 없어."

"⋯⋯."

침묵이 맴돌았다. 결투를 받아들이기도, 받아들이지 않기도 힘든 상황. 전대 유극문주가 살아 있었다면 그냥 삼대문파와 싸워도 해 볼 만했을 테지만 천무검왕(天武劍王)은 죽고 없다.

잠시 한숨을 쉬던 사호가 말했다.

"사호는 이렇게 생각해요. 분명히 결투 세 번 중에서 대장전(大將戰)은 귀검(鬼劍)이 나옵니다. 현재 우리 문파에서 귀검을 상대할 자는 성구몽 장로님뿐이지요."

"잘 모르겠소."

성구몽 장로가 어색한 표정을 지었다. 기대가 몰리는 걸 느꼈기 때문이다.

"강호에서 활동한 지가 오래되어, 귀검의 실력을 정확히 잴 수가 없소. 허나 귀검을 꺾은 천빙마녀(天氷魔女)의 경지를 고려하면 아마 승산이 반반일 것이오."

"걱정 마세요. 장로님이라면 귀검을 충분히 이기실 수 있습니다."

산들바람 같은 미소를 짓는 사호의 모습은 아름다웠다. 화용월태라는 말이 아깝지 않을 정도의 미인(美人)인지라, 알타리는 한순간 넋을 놓았다.

사호의 말이 이어졌다.

"결투에는 나가는 편이 좋을 것 같군요. 다만 그전에 대비를 해 둬야겠죠."

"어떻게 말입니까?"

"현재 우리가 곤란한 건 천휘문 쪽에서 먼저 외세(外勢)를 개입시켰기 때문…… 그렇다면 우리도 똑같이 해 주면 됩니다."

다들 의아한 표정을 지었다. 문주의 말은 분명히 사실이지만, 현재 유극문의 아군이 되어 줄 만한 문파가 어디에 있단 말인가?

천휘문에 이어 마환곡과 환사문의 연합 세력까지 적으로 돌려줄 만한 문파는 구파일방(九派一邦)밖에 없었다.

그리고 유극문은 불행하게도 구파일방과는 그리 사이가

좋지 않았다. 전대 문주인 천무검왕이 검성천룡전(劍聖天龍戰)의 팔강(八强)에서 무당제일검(武當第一劍)을 꺾어 버려서 구파일방의 체면을 구겼기 때문이다. 무당파는 유극문을 아예 눈엣가시로 여기고 있는 상황이었다.

제갈휴가 회의적인 목소리로 말했다.

"종남파와 화산파라면 충분히 도움이 되겠지만…… 그들과는 전혀 면식이 없습니다. 이제 와서 도움을 구하는 건 무리가 아닐까요?"

"아뇨. 저 사호는 구파일방에 도움을 구하지 않겠습니다."

사호의 목소리가 차갑게 변했다. 그녀는 아직도 원한을 되새기고 있었다.

"아버님께서 돌아가실 때 구파일방은 방조했죠…… 그들에게 조력을 구하는 건 달갑지 않습니다."

"……."

사호는 손깍지를 풀었다. 그리고 자리에서 일어서서 그녀의 검(劍)을 집어 들었다.

"명시된 결투일은 지금부터 보름 후. 저는 잠시 원군을 불러오도록 하겠습니다."

"아니 문주!!"

태월하 장로가 깜짝 놀랐다. 그녀의 말이 너무 급작스

러웠던 것이다. 그리고 대부분의 심정은 그와 다르지 않았다.

"보름 후라고 하지만 언제 약속을 어기고 쳐들어올지 모르오. 이렇게 중요한 때에 자리를 비우겠단 말씀이오?"

"어쩔 수가 없어요."

"그리고 그런 일이라면 문주가 아니라 사검사(四劍士)에게 시키면 되잖소이까."

사호는 끝내 고개를 저었다. 그녀의 눈빛에 결연한 빛이 감돌고 있었다.

"이것만은 사호 혼자 가야 합니다. 다들 이해해 주시기 바라요."

"으으음……."

"그리고 만일에 제가 없을 때 적이 쳐들어오면, 성구몽 장로님을 중심으로 움직여 주세요. 다들 부탁드립니다."

다들 입을 다물었다. 유극문에서 문주의 권위는 절대적이다. 그런 문주가 부탁까지 한다면 이의를 제기할 수 없는 것이다. 태월하 장로는 못마땅한 듯 입맛을 다셨지만 장내의 분위기는 그녀의 부재를 인정하는 쪽으로 흐르고 있었다.


푸르륵.

회의가 끝나고 사호 문주는 방립을 하나 걸쳐 메고 말을 탔다. 그녀는 정말로 아무도 호위로 데리고 가지 않을 셈인 듯했다. 바람에 하얀 피부가 스치면서 마치 한 마리 새가 된 듯했다.

알타리가 그녀의 말안장을 고쳐 매어 주며 걱정스럽게 말했다.

"정말 괜찮으시겠습니까?"

"그다지 걱정은 안 되네요."

사호는 말고삐를 당기며 암로(暗路) 사이로 사라졌다.

"전, 지금도 강해지고 있으니까요."

다그닥 다그닥.

그녀의 뒷모습을 일별하며 알타리는 속으로 동감했다.

같은 천인일재(千人一才)라고 불리지만 사호의 재능은 가끔 인간이 아닌 듯했다. 중원에서 같은 또래에는 상대가 없다고 생각될 정도였다. 자신도 그간 많이 진보했다고 생각했지만 사호에 비하면 약간 뒤쳐졌다.

'뭐, 시간은 많으니까.'


한편 장로들은 모여서 이야기를 하고 있었다. 보름 후로 날짜가 정해진 건 좋지만, 결투가 되다 보니 당초 생각했던 기습 작전을 써먹을 수 없게 되었다. 결국 결투에 어떻게 임할 것인지가 중요하게 되어 버린 것이다.

성구몽 장로가 말했다.

"귀검은 내가 상대하겠지만, 나머지 두 놈은 어떻게 나올지 모르겠군."

"제 예상이지만……."

태월하가 복잡한 표정을 지었다. 그는 회의 때부터 표정이 좋지 않았다.

"아마 마환곡주(魔煥谷主)와 환사문주(幻絲門主)가 나올 듯싶습니다."

"서신의 뒷조항 말이군. 결투자의 부재시 대리인이 출장 가능하다는 대목."

"네. 아마 천휘문주 장문산은 그 자리에 안 나오고 빠질 가능성이 큽니다. 놈들이 대신해서 내놓을 수 있는 최강의 패는 그 두 사람이죠……."

"큰일이군."

성구몽 장로가 근심스러운 표정을 지었다.

마환곡주와 환사문주는 자신의 실력 하나로 현재의 입지를 구축한 인물들로, 결코 만만한 실력자들이 아니었다. 자신들이 강호를 다니던 시절에도 상당한 명성을 떨치던 인물들이다.

"마환곡주 풍일해는 여섯 쌍의 마환(魔環)을 마치 수족

처럼 부리는 달인이고, 환사문주 여진평은 사법(絲法)의
고수입니다. 사검사 애들에게 맡기기에는 짐이 무겁습니
다만."

"정해진 거 아닌가? 별일 없으면 우리가 다 나가면 되
네."

"간만에 재밌겠군요."

태월하의 눈이 번득였다. 유극문에 들어온 후 성질을
죽이고 지내 왔지만 사실 그는 장강사신으로 군림하던 살
인귀(殺人鬼)에 전투광(戰鬪狂). 간만에 대놓고 싸울 수
있는 전장이 생겼다고 생각하니 가슴이 뛰었다.

채은 장로가 말했다.

"환사문주는 제가 상대할게요, 오라버니. 제가 유리할
것 같네요."

"뭐 그렇겠지. 맡긴다."

두 사람은 채은 장로의 말에 별다른 토를 달지 않았다.
사실 채은 장로가 압도적으로 이길 거라고 생각하고 있었
다. 상성이라는 관점에서 본다면 그녀의 무공은 엄청난
저력을 지니고 있었다.

이야기가 정리되는 시점에서 태오의 이야기가 나왔다.

"그러고 보니 오라버니들. 태오라는 꼬마는 어찌 되어
가고 있나요?"

"흐음…… 그게."

"아 그래! 드릴 말씀이 있습니다, 형님."

태월하가 갑자기 외치자 성구몽 장로가 뒤돌아보았다. 태월하는 전에 없이 들떠 보이는 표정을 짓고 있었다.

"놈을 공동전인으로 삼고 싶습니다."

"공동전인?"

"네. 제 육의육신류(六意六神流)도 전해 줄 생각입니다."

가만히 듣고 있던 채은 장로가 놀란 눈으로 태월하를 보았다. 성구몽 장로는 잠시 생각하다가 고개를 끄덕였다.

"뭐 안 될 것 없겠지."

"감사합니다."

"뭐, 뭐예요?"

채은 장로가 경악성을 내질렀다. 그녀의 인생이 오십줄이 훨씬 넘었지만 지금 상황은 이해가 되지 않는 것이었다. 그녀와 마찬가지로 '제약'에 걸려 있는 두 사람이, 감히 멋대로 후계자를 만들다니? 말 그대로 명줄을 재촉하는 짓이었다.

"다들 미쳤군요. '그들'의 후환이 두렵지 않으신가요?"

"너무 오랫동안 갇혀 살았어."

성구몽 장로가 천천히 말했다.

"우리는 하고 싶은 대로 하기로 마음먹었네. 동생도 뜻 가는 대로 하시게."

"후…… 현실과 이상은 다른 법이죠."

채은 장로는 천천히 자리에서 일어섰다. 그녀의 표정은 살얼음처럼 굳어 있었다. 그녀는 태월하보다 제약을 민감하게 신경 쓰고 있었으므로 더했다. 잠시 두 사람을 쓸어보던 채은 장로가 한마디를 남기고 장내를 떠났다.

"전 모르는 일이니, 후일 벌(罰)이 내려지더라도 두 분을 돕지 못해요."

태월하는 아무런 말도 하지 않았고 성구몽 장로는 그저 하품을 할 뿐이었다. 이미 결심을 한 사내들에게 죽음의 두려움은 별다른 장애가 되지 못하는 것이었다.

한참 후에 말을 꺼낸 건 태월하 장로였다.

"태오는 수선(水仙)을 자기 것으로 만들었습니다."

"놀라진 않네. 원래 그런 놈이니."

"앞으로 보름 동안 최선을 다해 가르쳐야죠."

"그럴 생각이네."

성구몽 장로는 남은 시간 동안 광혈인 하나만큼은 완벽하게 지도할 생각이었다. 어쩌면 보름의 시간 동안에 광혈인 또한 달인급의 경지로 터득할지도 몰랐다. 광혈인에

수선사계의 신법이 합쳐지면 대단한 위력을 발휘할 것이
다.

"큭큭큭."

"왜 웃나?"

잠시 혼자서 소리 죽여 웃던 태월하가 말했다.

"태오 생각을 하니, 왠지 그 괴물이 생각나서요……."

아직도 잘 때마다 이따금 악몽 때문에 오금이 저린다
면, 그 괴물 때문이다. 성구몽 장로는 태월하의 말에 별다
른 반박을 하지 않았다.

# 7.
## 전야(前夜)

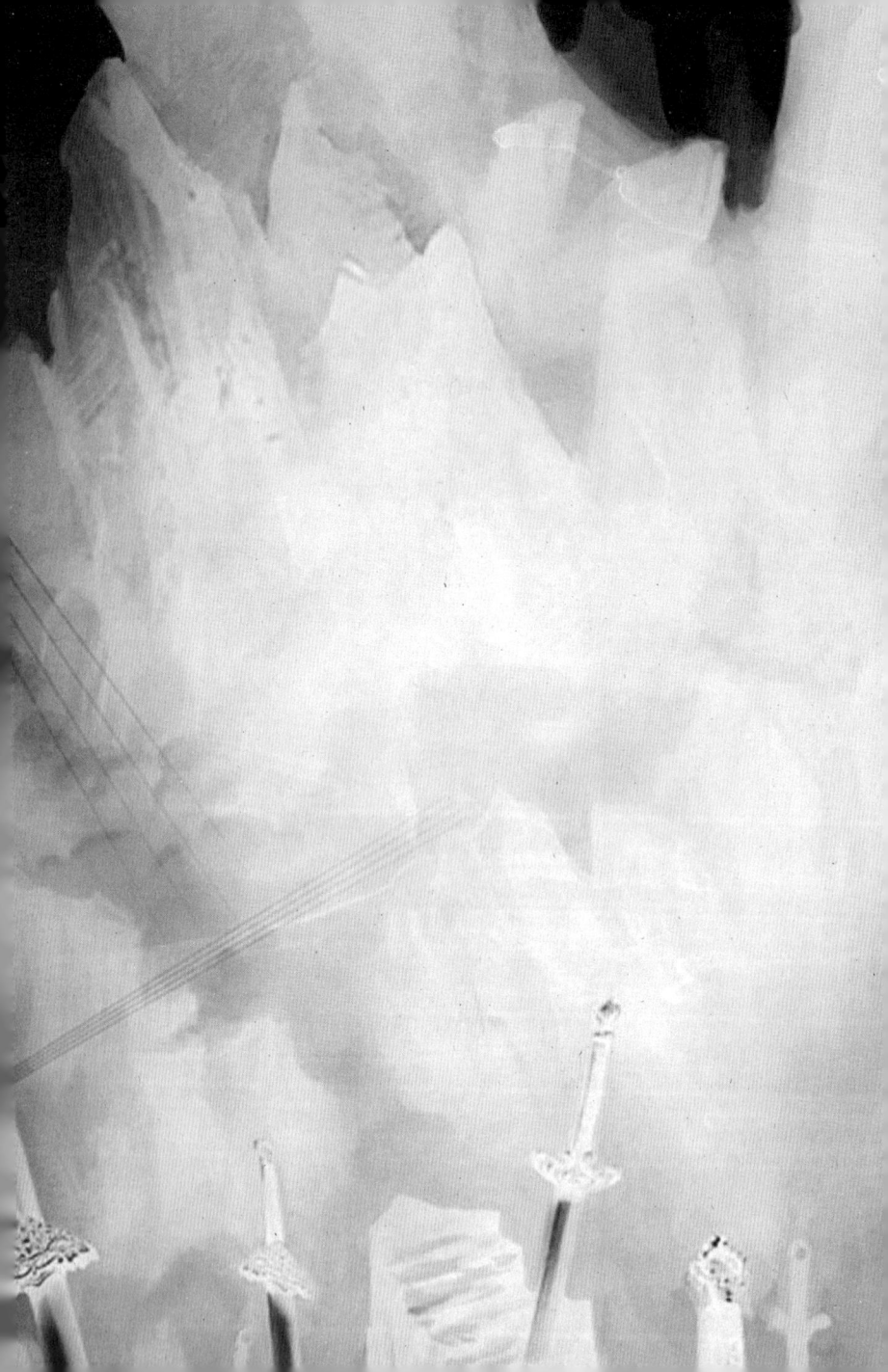

콰쾅!

내가 광혈인(光血印)을 온전히 익혔을 때는 사흘이 지나 있었다. 나는 몽롱한 상태로 계속 기계적으로 동작만 반복했다. 이미 요령을 잡은 상태라서 남은 건 몸에 붙여서 습관화시키는 것뿐이었고, 지금도 손을 휘두르며 여념 없이 나무기둥을 폭발시키고만 있었다.

손과 발끝의 경락으로 내공을 뿜어내어서, 물체의 기와 반응시켜서 폭발시킨다. 나는 어쩌면 이걸로 벌목도 쉽게 할 수 있을 거라고 생각했다. 오늘만 벌써 나무를 서른 그루나 부러뜨렸기 때문이다. 하지만 밑둥이 못생긴 모양이라서 안 될 것 같았다.

"또 쓸데없는 생각을 하는 눈이군."

성구몽 장로가 못마땅한 표정을 짓고 있었다. 하지만 광혈인을 순조롭게 익히는 모양인지 그 외에는 별 이야기를 하지 않았다. 잠시 후 휴식 시간이 찾아오자 성구몽 장로가 말했다.

"광혈인의 위력은 네 내공(內功)과 기의 격발(擊發)과 관계가 있다. 이것만은 하루아침에 되는 게 아니라 오랜 수련이 필요한 일이라, 매일같이 성실하게 수련해야 한다."

"네."

"수법(手法)에는 익숙하게 섞을 수 있는 듯하군. 소영검법을 빠르게 전개하면서 광혈인을 섞어 봐라."

나는 일단 시키는 대로 하기로 했다. 성구몽 장로의 요구는 나도 평소부터 해 보고 싶었던 일이고, 반복 연습에도 꽤 염증이 났기 때문이다. 문파에서 들고 올라온 철검을 들고 천천히 소영검법을 전개하기 시작했다.

그러던 중 갑자기 머릿속에 아득한 기시감(旣視感)이 닥쳐 왔다. 지금의 이 풍경을, 마치 그림으로 그린 듯 쳐다보고 있는 느낌이었다. 정확히는 내가 그림 바깥의 화가가 되어 있는 괴이한 감각이 전신에 닥쳐왔다. 내 모습을 밖에서 객관적으로 보는 동안에는 몸의 감각이 한 치의 오차도 없이 움직이게 된다.

위잉!

검끝이 떨린다. 나는 처음으로 우윳빛 검기를 뿜었을 때처럼 무작정 정신이 일체화가 되어서 검을 휘둘렀다. 손이 칼날이 되고, 머리는 손잡이가 된다. 오로지 칼 이외에는 아무것도 생각하지 못하는 검귀(劍鬼)처럼 변해 버리고 만다.

이 와중에도 머릿속에는 탈혼경의 한 구절이 스쳐 지나 갔다. 불생불멸(不生不滅), 뜻도 모르고 정신없이 읊조리는 동안에 다시 깨달음이 연속으로 찾아왔다. 손에 들린 철검이 마치 신들린 것처럼 춤을 추기 시작했다.

기이잉!

기하학적인 도형과 함께 검기가 무수한 실선을 뿌렸다. 이윽고 검무(劍舞)가 끝났을 때는 성구몽 장로가 잔뜩 일 그러진 표정으로 나를 바라보고 있었다.

"네 반야의 경지는 종잡을 수가 없구나. 마치 진화(進化)하는 것 같다."

"무슨 말씀입니까?"

"이런 얘기다."

휘익!

성구몽 장로는 아무런 예고도 없이 나를 향해 덮쳐 왔

다. 얼마 전에 눈에 보이지도 않는 속도로 나를 팼던 태월하 장로를 생각나게 하는 속도였다. 도저히 보고 피할 수 없을 정도로 빨랐지만, 나는 간신히 움직임을 잡아채서 가슴을 향해 찔러 오는 속검(速劍)을 검날로 막아 내었다.

"으악?!"

이 인간이 미쳤나?

까가강!

그리고 연이어서 횡베기와 내려치기가 연속으로 다섯 번이나 날아들었다. 강철의 폭풍이 몰아치는 듯한 기세 때문에 숨조차 쉴 수 없었다. 나는 어떻게든 받아 내고 있었지만 이상할 정도로 손가락 끝이 떨리고 아팠다.

이대로 죽는구나 하고 생각할 때였다. 성구몽 장로는 갑자기 검격(劍擊)을 멈추더니 말했다.

"방금 전의 내 육 초(六招)를 받아 낼 수 있다면 유극문의 사범급이라고 해도 좋다. 강호 어디에서나 통하는 일류고수(一流高手)라는 말이다."

나는 다소 얼떨떨한 표정으로 서 있었다. 성구몽 장로가 마치 농담을 하고 있는 듯했지만, 눈빛을 보면 그런 일이 아니다. 애초에 농담을 할 성격도 아니었다. 성구몽 장로는 확언하듯 내뱉었다.

"너는 무공을 수련한 지 한 달 만에 일류급 검법고수의 경지에 도달했다. 별다른 내공의 보조 없이, 최대한으로 효율적으로 운용하는 것만으로 말이다."

"고, 고수요? 그럴 리가."

"방금 전에 내 검초를 받아 낼 때의 네 움직임을 기억하느냐?"

성구몽 장로가 검집에 칼날을 수납하며 허탈한 표정을 지었다.

"태월하에게 전수받은 수선(水仙)의 움직임으로 힘의 중심을 유지하면서, 소영검법에 광혈인을 섞어서 쓰더구나. 말로는 쉽지만 보통 사람이라면 그 정도 경지에 이르기 위해서 적어도 십 년은 수련해야 할 것이다. 그런데 너는 며칠 만에 응용해 냈구나."

"아, 그런가요."

나는 머쓱한 표정을 지었다. 왠지 대단한 일을 말하는 것 같지만 그리 기쁘지 않다. 그러고 보니 손가락이 떨리고 아팠던 건 광혈인의 폭기(爆氣)를 상쇄시켰기 때문인가. 나는 성구몽 장로에게 말했다.

"어떻게든 그만한 수준을 맞춰 줘야 하는 거겠죠."

"무슨 말을 하는 거냐?"

성구몽 장로는 이해가 안 되는 듯 불쾌한 표정을 지었다. 분명히 자신은 무공의 깨달음 얘기를 하고 있었을 텐데 딴 얘기를 꺼내니 그럴 만도 하다. 하지만 나는 지금의 현상을 그렇게밖에 이해를 할 수가 없다.

동시에 흥미롭다는 생각이 들었다. 지금 생각하고 있는 나는 정말 태오일까? 아니면 태오라는 이름을 지닌 '무언가'인 걸까? 나는 일단 재미없는 생각을 그만두고 성구몽 장로에게 말했다.

"천휘문과 결투를 한다고 하던데, 누가 출전합니까?"

"우리 장로 셋이 나갈 것이다."

성구몽 장로는 마뜩찮은 표정을 지었다.

"어지간하면 사검사 애들을 보내겠지만 천휘문이다 보니 동원하는 고수들이 만만치 않더구나. 내가 나서도 이긴다고 확신은 할 수 없는 상대다."

"일당백(一當百)이 되는 자들입니까?"

"어중이떠중이 상대라면 이백 명도 혼자 죽일 자들이지. 숫자는 큰 의미가 없다."

나는 호기심을 느꼈다. 성구몽 장로 정도면 은거한 마도고수라고 불릴 만한데, 그보다 강한 고수라면 정말 대단하다. 수련보다 더 호기심이 생기는 사항이라서 질문해 보았다.

"누구와 싸우십니까?"

"귀검(鬼劍) 장문영! 정주 최고의 검사(劍士)이자 천룡전의 십육강에 오른 자다."

"십육강이라……."

"구파일방의 눈치도 안 보는 괴물이지. 간만에 나도 전력을 다해야 할 것이다."

그렇게 말하는 성구몽 장로의 눈에는 약간 긴장감이 감돌고 있었다.

보고 있던 나는 의아한 생각이 들었다. 천하에 고수가 많다지만 십육강이라면 준결승이나 준준결승에도 못 간 셈이다. 그런데도 무시무시한 고수인 것처럼 이야기를 하고 있는 것이다.

"그러고 보니 천룡전이니 지룡전이니 하는 건 뭡니까? 검성전이 대단한 대회인 건 알겠는데 자세한 설명을 안 해 주셔서……."

"수도에서 열리는 검성전은 네 개의 대회로 이루어진다. 가장 기본적인 실력을 측정하는 등용문(登龍門)에서 어중이떠중이를 가려내지. 등용문을 지나면 인룡전(人龍戰), 지룡전(地龍戰), 천룡전(天龍戰) 순으로 대회가 계속 진행된다."

잠시 말을 멈춘 성구몽 장로가 말을 이었다.

"등용문을 지나서 인룡전에서 괜찮은 성적을 거뒀다면 이미 일류(一流)급이다. 지룡전에 출전이라도 했다면 손

꼽히는 절정고수이며, 천룡전은 천하에서 손꼽히는 초고
수들만이 나갈 수가 있지. 천룡전의 순위가 바로 천하무
림의 서열이라고 보는 자도 있다."

"······그게 이해가 안 간다는 겁니다."

나는 팔짱을 끼고 투덜거렸다. 성구몽 장로가 눈에 이
채를 띄자 나는 따지듯이 말했다.

"아무리 명예가 좋다지만 천하에서 손꼽히는 고수들이
그렇게 기를 쓰면서 대회에 출전할 이유가 있는 겁니까?
천룡전에서 우승하면 바로 천하제일고수라서 그걸 노리기
라도 하는 겁니까?"

"······."

뜻밖에도 성구몽 장로는 말문이 막힌 채 우물쭈물했다.
뭔가 내가 정곡을 찔러 버린 모양이지만, 내가 생각하는
것과는 다른 이유인 듯했다. 고민하던 성구몽 장로가 말
했다.

"검성전은 평범한 무술대회가 아니다. 무림의 진실(眞
實)이기도 하다. 너도 나중에 알게 될 것이다."

"······?"

"아무튼 그게 중요한 건 아니다. 당금 강호에서 검성천
룡전은 황제(皇帝)가 참관하는 어전대회(御前大會)이기도
하다. 사람들이 노릴 만한 이유는 충분하지."

어쩐지 얼버무리려는 듯한 태도였지만 나는 더 물을 수가 없었다. 성구몽 같은 고수가 숨기려 하는 진실이라면 결코 초장에는 밝혀지지 않는다. 좀 더 이야기가 진행된 다음에야 약간이나마 떡밥이 던져지면서 그럴듯하게 포장되어서 나오는 것이다.

"아, 그러고 보니 혹시 환룡(幻龍)이란 자를 알고 계십니까?"

"모른다. 뭐하는 인간이냐?"

"모르면 됐습니다."

내게 있어서는 천하무림이 멸망하는 일보다 중요한 질문이다. 하지만 아무렇지도 않게 넘어가 버리고 말았다.

"싱거운 놈. 수련이나 해라."

성구몽 장로는 대충 넘기려 했지만, 나는 그냥 넘어가지 않았다.

"배가 고픕니다."

"어쩌라는 거냐?"

나는 당당하게 말했다.

"좀 쉬었다가 하죠."

"꾀가 늘었군. 제길헐."

푸념을 하던 성구몽 장로는 별수 없다는 듯 나를 데리고 산을 내려갔다. 웬일로 밥 먹고 쉬었다 하자는 내 간절한 제안을 받아들인 것이다. 유극문의 밥은 제법 맛있는 편이라서 땀 흘리고 먹으면 행복할 정도였다.

그리고 이때가 내가 누릴 수 있던 안식의 시간이라는 걸 뒤늦게 깨닫게 되었다. 알았다면 수련이고 뭐고 느긋하게 놀았을 테지만, 운명은 시간보다 빨라서 인간을 기다려 주지 않는 것이다.

*　　　*　　　*

디링!

유륵(柳勒)은 오늘도 비파를 연주하고 있었다. 평소 마을에서는 악사(樂士)로 활동하며 먹고 사는 조용한 청년이다. 그는 버드나무 그늘 아래에서 강아지 짖는 소리를 들으며 즐거웠다. 오늘도 내일도, 노래가 없는 인생이란 짐작도 가지 않았다. 잠시 동안 사람의 온기를 생각하던 유륵이 고개를 들었다.

"손님이십니까?"

"또 보네요, 유륵."

"당신이군요."

유륵은 버드나무 그늘로 다가오는 한 여인을 바라보았다. 그녀는 방립을 등에 걸어 메고 특유의 호화로운 홍의

(紅衣)를 입고 있었다. 대조적으로 피부는 마치 밀랍처럼 하얘서 보는 사람들은 그녀가 그림에서 튀어나온 거라고 착각하곤 했다.

유륵은 그녀가 삼 보 이내로 다가온 걸 느꼈다. 그리고 조용히 말했다.

"사호 님. 오늘은 무슨 일이신지?"

"의뢰예요."

"귀찮네요."

그리고는 유륵은 나무를 깎아서 만든 기다란 의자에 드러누워 버렸다. 허점투성이에 무례하기 짝이 없는 태도였지만 유극문주 사호는 화내지 않았다. 눈 앞의 백발(白髮) 사내는 그럴 만한 자격이 있기 때문이다.

"양보하는 마음이 없으면 재미가 없고, 의미도 없습니다. 재미없는 일 따위 집어치우죠."

"전 아직 당신처럼 재미만을 위해 살아갈 수 없어요."

"알 게 뭡니까?"

유륵이 졸린지 눈을 꿈벅였다. 그는 아예 의뢰가 뭔지 들어 볼 생각조차 없는 듯했다.

"언제나 돌고 돌아 인생유전(人生流轉). 한순간의 꿈입니다……."

"그놈의 허무론(虛無論)은 지겨워요."

사호는 못마땅한 표정으로 팔짱을 꼈다. 워낙 이목구비가 형태가 좋아서 약간 입가가 내려간 걸로는 티도 나지 않았다. 그 나름대로의 미(美)가 있는 걸로 봐서, 사호가 보기 드문 절세미녀라는 사실에 이견을 제시할 자는 없으리라.

다만 눈앞의 유륵이란 백발 사내는 미인계로 흔들릴 인간이 아니다. 인생 만사가 귀찮은 듯한 인간이라서 도저히 함께 지낼 수가 없다. 그녀와 육체 관계는커녕 대화 이외의 접점도 여태 없었다. 잠시 고민하던 사호가 말했다.

"귀문(歸門)하던 길에 재밌는 꼬마를 만났어요. 무협소설이란 걸 좋아하고, 진심으로 자신이 보았던 세계를 진실이라고 생각하는 녀석이었죠."

"'읽은' 겁니까? 육신통(六神通)은 그러라고 가르쳐 준 게 아닌데."

"배운 김에 써먹어 봤을 뿐이에요."

사호는 자신의 머리칼을 살짝 등 뒤로 넘겼다. 그녀는 유륵의 가르침 덕분에 일부라면 사람의 마음을 읽을 수 있는 능력이 있었다.

"이름은 태오(太烏). 큰 까마귀라는 뜻인데…… 흥미로워요. 꼭 어린 당신을 보는 것 같아서."

"기억이 안 나네요."

"이게 그 아이가 보던 책이에요."

웅얼거리던 유륵은 약간 흥미가 생겼는지 상반신을 일으켰다. 그가 조금 관심을 보이자 사호가 품에 가지고 있던 책을 꺼내서 유륵에게 건네주었다. 제목은 〈탈혼경〉이었다.

유륵은 건네받아서 표지를 보자 깜짝 놀랐다.

"아, 이건?"

"아는 무협소설인가요?"

"……."

유륵은 침묵했다. 하지만 만난 이래로 당황은커녕 감정 변화도 거의 없던, 마치 웅묘(熊猫) 같던 인간에게 변화가 찾아왔다. 그는 명백히 당황한 얼굴로 자신의 머리칼을 벅벅 긁으며 중얼거렸다.

"그럴 리가 없는데. 이게 어째서 세상에 나와 있지?"

"무슨 말이죠?"

유륵은 전에 없이 다급하게 말했다.

"사호. 그 태오라는 아이가 이 책을 몇 권 갖고 있었습니까?"

"잘 몰라요. 읽던 책을 모두 집에 놔두고 유극문에 입문하게 해서."

"후후후……."

유륵은 웃었다. 이상하게도 사호의 말에 만족한 기색이

었다.

개미 한 마리도 못 죽일 것처럼 선한 인상이었지만, 웃게 되자 기묘한 부조화가 생겼다. 딱히 사악해 보이지는 않았지만 보는 사람들은 뜬금없는 공포를 느끼게 되었다. 혼자서 웃음 짓던 유륵이 말했다.

"좋습니다. 이 책의 작가(作家)를 봐서 특별히 이번엔 도와 드리죠."

"고마워요."

사호는 더 이상 걱정하지 않고 말을 탔다. 유륵이 한다고 한 이상, 어쨌든 도와주러 올 것이다. 그리고 유륵이 도와준다면 구파일방이나 마환곡, 환사문 따위 걱정거리가 아니다.

사문 사람들은 사호와 유륵의 관계를 전혀 알지 못했다. 사호 본인도 아버지인 천무검왕(天武劍王)이 검성전에 출전하기 며칠 전에야 유륵을 소개시켜 주어서 알게 되었다. 천무검왕이 죽고 난 후에 폐관수련에 들어갈 때도 유륵을 만나서 가르침을 받은 것이다.

지원군은 유륵 한 명으로 족하다. 사호는 말고삐를 잡으며 공손히 고개를 숙였다.

"나중에 뵙죠, 사부님."

# 8.
## 결전(決戰)

약속의 결투일 당일, 귀검 장문영은 천무검왕을 생각했다. 해는 맑고 개울물도 차갑게 흐르는 날이지만 그는 딴 생각을 하고 있었다.

이상한 일이었다. 분명히 천휘문과 유극문은 돌아올 수 없는 강을 건넜다. 천휘십검의 혈채(血債)는 둘째 치더라도 문주 아들의 목숨은 결코 보상할 수 없다. 그의 조카인 장현익이 죽은 이상 천휘문주 장문산은 절대로 복수를 포기하지 않을 것이다. 한 쪽이 멸망할 때까지 싸움은 계속된다.

그런데 귀검은 마음속 한구석에 유극문에 대한 향수와

연민이 흘러나왔다. 그건 십여년 전 그가 천룡전에 출전했을 때 천무검왕과 나누었던 대화 때문일지도 모른다.


"자네가 천휘문의 잠룡(潛龍)이군."
"그렇습니다만."


복도에서 마주쳤고, 예의 바르게 대답했던 걸로 기억한다. 천무검왕은 훗하고 웃으며 말했었다.


"우리는 어디까지 올라갈 수 있을까?"
"지금이 딱 육십사 인(人)이니, 적어도 다섯 번을 연달아 이겨야 천하제일을 노릴 수 있겠죠."
"천하제일이라. 후후."


씁쓸하게 웃던 천무검왕의 이어진 말이 귀검의 뇌리에 남았었다.


"우리는, 언제까지 노려보는 것에 만족해야 할지."


동시에 그것이 천무검왕과의 마지막 대화였다.
"……."

"귀검. 목개(牀槪)까지 왔소. 여기가 환령으로 넘어가는 길목이오."

환사문주 여진평의 목소리가 귀검의 머리를 깨웠다. 귀검은 잡생각이 많았다고 자책하며 말 위에서 언덕을 손가락으로 가리켰다.

"저쪽을 정찰해 봐라."

"넵."

귀검의 명령에 천휘문도 하나가 경공으로 재빠르게 달려갔다. 그리고 별 이상이 없다고 돌아와서 보고하자, 귀검은 좌중을 둘러보며 말했다.

"작전은 전에 말했듯이, 결투를 진행하는 것이오. 만일에 결투에서 승리한다면 별일 없이 돌아가겠지만 우리 쪽이 패배한다면 즉시 천라지망(天羅之網)의 덫으로 유극문을 공격할 것이오."

평상시에 능글능글하고 기력 없는 말투를 선호하는 그로서는 입이 오글거릴 것 같았다. 아무튼 천휘문이 얕보이면 안 되니까 무게를 잡고 있지만 그다지 기분이 좋지 않았다. 그래도 형인 장문산이 후발대(後發隊)로 올 때까지는 자신이 천휘문을 인솔하고 있으니 어쩔 수가 없는 일이다.

계책은 어디까지나 천휘문이 결투에서 졌을 경우를 상

정한 것이다. 이길 경우에는 이긴 자리에서 유극문을 공격하지는 않는다. 대신에 터무니없는 항복 조건을 내세워서 유극문의 힘을 크게 약화시키고, 약해진 유극문을 나중에 정면공격할 생각이었다. 결코 손해 볼 짓은 하지 않는다는 게 귀검의 철학이다.

결투에서 질 경우엔 정말로 큰 문제다. 귀검을 포함해서 강호에서 손꼽히는 고수들을 격패시킬 수 있을 정도로 유극문이 강대한 힘을 지니고 있다는 뜻이기 때문이다. 그때는 설령 강호에 비겁자의 치욕이 알려지는 한이 있어도 유극문을 멸문(滅門)시켜야 한다.

'젠장. 어쩔 수 없다고.'

본래 귀검은 정정당당하게 일대일로 싸우는 걸 좋아하는 성미였다. 하지만 이번에 형인 천휘문주의 한심한 모습을 보자 결심을 굳혔다. 자신이 더러운 업을 뒤집어쓰지 않으면, 천휘문은 유극문에게 역습당해서 전멸할지도 모른다.

마환곡주 풍일해가 끌끌하고 혀를 찼다.

"끌. 귀검. 만일에 그대가 쓰러지면 천휘문을 통솔할 자가 있소이까?"

"걱정 마시오. 그만한 인재는 있소이다."

"허긴 천하의 귀검과 상대할 만한 자가 이런 시골 문파에 있을 리 없지만, 허허허!"

"……."

벌써부터 다 이긴 양 껄껄 웃어 대는 마환곡주와 환사
문주를 보며 귀검은 한심스러운 생각이 들었다. 굳이 자
기 형만 바보로 볼 게 아니었다. 결국 싸움은 해 봐야 아
는 법인데, 세력만 믿고 자신의 우위를 섣불리 단정 짓는
인종이 세상에 상당히 많았다.

'다행이지만.'

사실 귀검은 일부러 마환곡과 환사문에 유극문의 실체
를 알리지 않았다. 유극문을 쓰러뜨리고 나면 그들 또한
경쟁 상대다. 얕보고 덤비다가 큰 피해를 보면 그것대로
천휘문에게 이득이 되는 상황이었다.

일 승이든 일 패든 상관없다. 자신이 나서서 무조건 일
승을 따내기만 하면, 뒷일은 천휘문이 편할 대로 흘러가
는 법이다.

계획의 완벽함을 믿고 귀검은 서서히 전진 명령을 내렸다.

잠시 후 결투장인 청야평(晴倻坪)이 눈에 들어왔다. 청
야평은 푸른 나무 대신에 새까맣고 구멍 뚫린 바위가 많
은 곳으로, 바람이 불면 한순간 돌풍으로 변하기도 하는
곳이었다.

삼대문파를 합쳐서 수백여 명의 인간들이 모여도 청야

평에 들어서자 휑한 느낌이 가시지 않을 정도였다.

청야평의 광대함에 놀란 마환곡주가 말했다.

"굉장히 넓은 곳이군. 수천 명의 대군이 싸울 만한 곳이야. 귀검, 굳이 이곳을 결투장으로 한 이유가 있소?"

"숫적 우위를 살려야 하지 않겠소? 좁은 장소는 우리에게 불리하오."

"흠, 그렇겠군."

게다가 이토록 탁 트인 지형이면 상대방을 추적하기도 매우 용이하다. 말을 가지고 있고 추종술(追從術)을 익혔다면 쫓기가 쉬웠다. 장소부터 날짜까지 모든 게 귀검의 계산하에 들어 있었다.


청야평의 맞은편에 결투 상대방인 유극문의 인물들이 나타난 건 그로부터 반각 후였다. 약속한 정시에 딱 맞춘 등장이라서 트집 잡을 게 없었다. 평제자를 포함해서 약 사십여 명 정도가 왔는데, 그들은 천휘문 쪽의 제자들이 엄청나게 많은 걸 보고 놀라는 기색이었다.

'순순히 전력을 보여 주진 않는군.'

귀검은 시력을 돋우어서 그들을 하나하나 살펴보았다. 확실히 눈에 띨 정도로 강한 기도를 지닌 인물이 보이지 않았지만, 아마 연막작전일 것이다. 극강한 고수는 일부러 자신의 기운을 숨길 수 있기 때문이다. 계산을 끝낸 귀검이 말에서 내려 앞으로 걸어가며 외쳤다.

"천휘문의 귀검 장문영이오!! 오늘의 결투를 위해 도착하신 유극문 귀하들이 맞으신지!"

"맞소! 귀문의 결투 신청에 응해서 유극문이 이 자리에 왔소이다!"

꾸웅!

그 순간, 허공에서 갑자기 파격음이 울렸다. 무공이 낮은 사람들은 몸을 휘청대었고 대개는 깜짝 놀라서 허둥댔다. 사자후(獅子吼)를 외친 두 사람의 기력(氣力)이 퍼져 나가면서 대지를 울렸기 때문이다. 환사문주는 좋지 않은 표정을 지었다.

'굉장한 늙은이군. 내공이 어떻게 저런 경지에 이르러 있단 말인가?'

보통은 귀검과 늙은이의 무공이 대단하다고 감탄만 하겠지만, 고수들은 한순간 공력의 우열을 판가름했다. 귀검의 공력도 가히 절세고수(絶世高手)라 할 만한데 사자후가 부딪힐 때 밀리는 기색이었다. 유극문에 초고수가 존재한다는 사실을 인정해야 했다.

유극문의 대표로 나온 건 키가 멀대처럼 크고 얼굴이 대춧빛으로 물들어 있는 늙은이였다. 다만 전신에 정력

(定力)이 팽배하고 만만치 않은 기세를 내뿜고 있어서, 전혀 노쇠한 기색이 없었다.

"나는 유극문의 장로인 성구몽(成求夢)이오. 천하에 이름 높은 귀검을 두 눈으로 보다니 기쁘군."

"반갑다고 할 순 없겠군. 우리는 혈채를 갚기 위해 왔소."

"능력이 된다면!"

짧게 대답하는 성구몽 장로는 팔짱을 낀 채 마치 철벽처럼 그 자리에 버텼다. 귀검의 신검지기(神劍之氣)에 한 치도 밀리는 기색이 아니었다. 귀검은 성구몽이 대단한 고수란 걸 깨닫고 마음이 복잡해졌다.

'그런데…… 성구몽? 성씨 성을 지닌 자들 중에서 저토록 강한 무공을 지닌 자가 있었던가. 적어도 내가 참가했던 십 년 전의 검성전(劍聖戰)에는 없었건만.'

어쨌든 쓰러뜨려야 할 상대라는 사실은 변화가 없다. 귀검은 문파를 위해 싸운다는 결심을 다시금 굳게 세우면서 입을 열었다. 그는 강호의 승부사이기 때문에 쓸데없는 생각을 빠르게 지울 줄 알았다.

"그쪽의 문주이신 사호님께서 보이지 않는군. 어찌 된 일이오?"

"사호 문주님께선 나중에 도착하실 것이오. 결투는 문제없이 진행될 테니 걱정 마시오."

"후, 아무래도 상관없지."

성구몽 장로가 덧붙여 물었다.

"문주가 없다고 하여 결투 결과를 무효로 할 순 없지. 그렇지 않은가?"

"그렇다고 해 둡시다."

도리어 약세를 보이면서 귀검이 대화를 끝냈다.

슬며시 넘어가 주는 귀검을 보자 성구몽 장로가 차가운 미소를 지었다. 본래 계략가라면 이 빈틈을 놓치지 않고 찌르겠지만, 천휘문주인 장문산도 이 자리에 도착하지 않은 상황. 어설프게 문주가 없다는 상황을 지적하면 염치 없다는 꼴을 당할 수 있는 것이다.

귀검이 말했다.

"이쪽은 초전(初戰)에 내보낼 자를 준비해 두었소. 그쪽은 어떻소?"

"물론 준비되어 있소. 언제 결투를 개시할 생각인지 말씀하시오. 당장에라도 좋소이다."

"우리는 조금 전까지 땡볕을 걸어와서 지쳐 있소. 이각 후에 결투를 시작합시다."

"좋소."

그들은 결투 시각을 합의한 후 자기네 진영으로 돌아갔다. 수백여 명이나 되는 인원이 맞은편의 나무숲으로 걸어 들어가자 흙먼지가 크게 발생했다.

수뇌부의 머릿속에는 무수한 수 싸움이 교차하고 있었다. 삼전이선승(三戰二先勝)이라는 결투 방식 때문이었다. 설령 전력이 우위라고 하더라도 비교적 약한 자가 상대방에 일 승을 안겨 줘 버리면 불리하게 진행해야 한다. 그렇다고 너무 강한 인물을 초기에 배치해 버리면 나중에 적의 필살수(必殺手)를 방어하지 못하게 된다.

펄럭!

유극문도들은 미리 와서 쳐 둔 막사 안에 들어가 있었다. 평제자들은 적어도 여덟 배는 되어 보일 듯한 삼대문파 연합군을 보고는 기가 질린 기색이었다. 천휘문의 인원만 해도 이백여 명이나 되니 엄청난 군기(軍紀)가 느껴졌다.

성구몽 장로가 도착하자 사범 원갑의 안색이 파래져 있었다.

"장로님. 뭐가 저리 많답니까? 구파일방도 당해내기 힘들 겁니다……."

"크크. 그렇겠지. 무당파(武當派) 정도가 아니면 놈들을 정면으로 쓰러뜨리지 못한다."

시원한 곳에 털썩 주저앉은 성구몽 장로가 좌중을 둘러보았다. 사검사와 장로들, 그리고 유극문 사범들이 자신을 바라보고 있었다. 그는 형형한 눈으로 살기를 돋우었다.

"첫 전투는 태월하 장로가 출전한다. 누가 나오든 자넨 지지 않을 거야."

"물론입니다."

"문주가 도착하지 않는다면, 첫째 결투의 승패에 따라 순서를 짠다. 만일 귀검이 처음으로 나온다면 바로 다음은 내가, 안 나오면 채은 장로가 나간다."

"문주님께서 도착하시면요?"

"그때 말해 주겠다."

사범들이 아리송한 표정을 지었다. 어차피 삼대장로가 결투에 나가는 건 확정적이다. 그런데 문주가 오고 안 오고가 결투에 무슨 상관이 있단 말인가? 아무리 문주가 천재라고 해도 어린 나이에 장로보다 강할 수는 없다는 생각을 다들 하고 있었다.

성구몽 장로가 명령을 내렸다.

"너희들은 결투가 진행되는 동안 앉아서 놀고 있지 말고, 뒤편에 배치된 암로(暗路)로 빠르게 평제자들을 인솔해라. 결투가 시작되면 연습한 대로 진(陣)을 짜서 대기하도록 해라."

"역시 놈들이 우리를 습격할까요?"

"가능성이 높으니 마음의 준비를 해라."

사범들이 무거운 표정을 지었다. 그들은 하나같이 유극
문에 입문해서 최소 십 년 이상의 수련을 거친 고수들이
다. 유극문을 사랑하고 발전시키고 싶은 마음이 굉장히
컸다. 그런데 전대 문주가 죽고 나서 계속해서 주변 문파
들의 도전이 끊이지 않으니 착잡한 심정이 될 수밖에 없
었다.

"사검사는 결투를 지켜보며 상황에 따라 대응해라. 지
침은 여기서 끝이다."

"알겠습니다."

가만히 명령을 듣고 있던 중, 사검사 중에서 알타리가
성구몽 장로에게 물었다.

"태오(太鳥)는 어디에 갔습니까? 유극문의 운명이 걸
려 있는 싸움이건만."

장로들이 눈에 이채를 띄고 알타리를 보았다. 문파 내
에서 알타리의 위치는 태오와 비교가 되지 않는다. 고작
한두 달 전에 장로의 제자로 입문한 꼬맹이가 태오라면,
어린 시절부터 천인일재(千人一才)의 재능을 보여 주며
중원에도 제법 이름이 알려진 천재가 알타리다. 사검사의
나이는 하나같이 삼십대 중반이 훨씬 넘었는데 알타리만
이십대 초반인 데는 이유가 있었다.

그런 알타리가 굳이 태오를 물고 넘어졌다는 건 많은

의미를 담고 있었다. 경쟁자로는 여기지 않겠지만, 적어도 걸림돌이 되는 존재로 신경을 쓰고 있다는 뜻이다. 태월하 장로가 피식 웃으며 말했다.

"태오 녀석도 여기에 와 있다. 걱정할 필요 없다."

"그렇습니까."

"신경 쓸 필요 없다. 어차피 일은 우리가 하니까."

알타리는 복잡한 표정을 숨기지 않았다. 왜인지 모르지만 평제자들 사이에서 태오의 평판은 극히 좋지 않았다. 심지어 사범들도 태오를 미운 눈으로 보는 사람이 대부분이다. 갑자기 문주가 주워 와서는, 존경하는 장로의 직전 제자로 떡하니 들어갔으니 당연한 일이다. 알타리도 원래는 별 생각 없었지만 주변에서 태오를 마구 까다 보니 부정적인 인상이 박힌 것이다.

성구몽 장로가 잠시 후 말했다.

"곧 결투 시각이군. 나가 봅세."

나, 태오는 오늘이 결투날이란 걸 듣고 단 한 가지를 생각했다.

튀자!

지극히 당연한 생각이다. 만일에 내가 주인공이라면 절대 유극문은 패배하지 않을 테고, 어떻게든 소설적으로 천휘문의 침략을 타개해 나갈 것이다. 하지만 지금 나는 내가 주인공이라는 확신이 없다. 조연이나 단역일지도 모르고, 심지어는 낚시를 위해 마련된 가짜 주인공일지도 모른다.

그동안 나는 한 명의 무림인으로 불릴 정도의 무공을 쌓았고, 성구몽 장로의 말으로는 유극문 사범과 싸워도 해볼 만할 것이라고 한다. 일류(一流)급 무공을 지니고 있는 것이다.

하지만 그렇다고 해서 내가 살아남는다는 보장은 없다. 성구몽 장로에게 듣기로 쳐들어오는 적들은 최소 삼백여 명 이상이라고 하니, 한 대씩만 맞아도 나처럼 어린 소년은 맞아 죽고 말리라.

'내가 미쳤냐? 이딴 문파를 위해 목숨 버리고 싶진 않아!'

성구몽 장로의 눈치가 있어서, 장로들을 따라서 청야평까지는 졸졸 따라왔다. 무공이 낮은 평제자까지도 따라온 상황에서 장로의 제자가 안 온다는 건 틀림없이 눈총을 살 만한 일이기 때문이다.

물론 그렇다고 해서 내가 못 뛴다는 건 아니다. 자랑은 아니지만 보름 사이에 수선(水仙)의 움직임이 갈수록 자연스러워지더니, 내공을 끌어 올렸을 때 경공이 계속해서 빨라졌기 때문이다. 성구몽 장로에게는 되도록 숨겼지만 나는 이미 말(馬)보다 빨리 달릴 자신이 있다.

'언제쯤 몸을 빼면 좋지? 그래! 결투를 두 번째 진행할 때쯤에 평제자들을 도운다고 뒤로 빠지자! 그리고 결과가 좋으면 남아 있고, 안 좋다 싶으면 같이 싸우는 척하다가 튀자!!'

끝까지 결투장에 남아 있으면 결과가 좋을 리가 없다. 다들 천휘문, 마환곡, 환사문의 습격을 염두에 두는 상황에서 제일 목숨을 내놓기 쉬운 장소다. 게다가 천휘문에는 천하에서 손꼽히는 귀검(鬼劍)이라는 가공할 고수가 있다지 않은가?

최대한 시간을 잘 맞춰야 한다. 나는 회의가 벌어지는 막사에서 사람들이 나오자 찔끔하면서 눈에 안 띄고 따라서 걸어갔다. 그리고 걸어가던 중에 성구몽 장로에게 조심스럽게 말했다.

"저기 스승님."

"왜 그러느냐?"

"잠시 측간에 다녀와야……."

성구몽 장로가 인상을 찡그렸다. 내가 어린아이라서 어쩔 수 없다고 생각한 듯했다.

"빨리 갔다 와라!"

"네네."

나는 눈치를 보면서 재빨리 그 자리를 벗어났다. 사검

사 중에서 이목이 준수하고 키가 큰 청년이 나를 째려보았지만 일단 무시했다. 어차피 다시 결투장에 한 번은 돌아가야겠지만, 내 속셈은 다음과 같다.

지금 빠져 있는 틈을 타서 이 근처의 도주로를 다시 한 번 점검한다. 뒤쪽의 숲으로 가는 편이 안전하겠지만 상황이 달라지면 강 쪽을 따라서 도망치는 것도 생각해 볼 만 하다. 나는 생존을 위해서 눈을 번득이며 재빨리 주변 지형을 탐색했다.

약 사십여 장을 멀어지자 슬슬 강이 보이기 시작했다. 바로 그때였다.

디리링!

"소년! 내 연주를 들어!"

"……."

나는 강변의 바위에 앉아서 비파를 켜고 있는 백발의 청년을 멍하니 쳐다보았다. 그는 눈을 감고 있었는데 안 보여도 비파현을 잘 당기고 있었다. 연주하는 곡은 다소 단조의 느낌이 있었지만 마치 내 심장을 훑듯이 강렬한 느낌을 주는 음악이었다.

"다, 당신은 누구여?!"

왠지 위험하다는 생각이 들어서 재빨리 검을 뽑아 들고 자세를 잡았다. 백발청년은 검이 겨눠졌는데도 전혀 당황하지 않고 비파를 뜯고 있었다.

"나는 유극문을 도와주러 왔는데 길을 잃었어. 저쪽에서 강한 투기(鬪氣)가 일렁이긴 하는데, 귀찮아서 연습이나 하고 있던 참이네."

이놈도 무림인인가? 그런 것 치고는 내공이 거의 느껴지지 않는다.

"아니…… 그러니까 어쩌라고……."

디리링!

"그러는 자네는 옷의 삼검인(三劍刃) 표식을 보니 유극문도인 듯한데, 어찌 여기까지 나와 있는 건가?"

아차!

나는 백발청년의 지적에 등줄기가 싸늘해졌다. 그러고 보니 내가 입고 있는 옷은 유극문도 전용으로, 가슴과 옷소매에 세 개의 검날이 자수로 새겨져 있다. 환령 근처의 어떤 무림인이라도 옷만 보면 당장에 내가 유극문도인 걸 알 수 있을 것이다. 나는 당황을 감추며 대답했다.

"그야 잠깐 측간을 온 참이지."

"호오. 결투를 할 참인데 측간에 올 정신이?"

나는 얼굴이 화끈해졌지만 대충 넘겼다.

"알 게 뭐여. 근데…… 사람이 있잖아."

"그래서?"

"뭐가 그래서야. 민망하니까 비켜 주셔."

내가 백발청년에게 축객령을 내리자, 그는 고개를 갸웃거렸다.

"무슨 말인가? 어차피 강변은 탁 트여 있으니, 숲 아무데나 가서 일 보시게."

"에잇!! 난 여기서 일을 봐야겠단 말이다! 꺼지셔!"

"으음……!! 대자연 속에서 수기(水氣)를 흡수하고자 하는 건가?"

그는 비파를 뜯고 있다가 심각한 표정을 지었다. 나는 놈의 말을 이해하지 못해서 멍하니 서 있었는데 그가 고개를 끄덕였다.

"쾌변 하시게. 그리고 물로 깨끗이 씻고."

"……"

그리고는 종종걸음으로 저만치로 사라졌다. 나는 의도대로 되어서 다행이라고 생각하면서도 찝찝한 기분이 들었다. 곧 짜증이 마음속에 일어나더니, 나는 결국 참지 못하고 뒷통수에 대고 소리를 질렀다.

"야 잠까안!! 오해하지 마!"

"무얼 오해하지 말란 건가? 자넨 일을 보게."

"아오 제기랄!!"

태연한 대답에 나는 성질을 주체하지 못하고 이만 북북

갈아 대었다. 왠지 눈앞의 백발청년 놈이 깐죽거리는 게 보기 싫은데, 어떻게 이 기분을 풀어야 할지 모르겠다. 나는 잠시 생각하다가 말했다.

"뭐 그럼 이렇게 하자고. 당신 유극문을 도우러 간다면서?"

"그럴려고 왔는데."

나는 내 가슴을 팡팡 쳤다. 그리고 호언장담했다.

"내가 당신 대신 그 일을 해 줄게!"

"호오?"

"아무거나 당신이 제일 자신 있는 무공을 나한테 지금 가르쳐 줘 봐. 결투장에 돌아가서 모조리 다 쓸어버려 줄 테니까!"

"흠흠흠."

백발의 비파 악사가 처음으로 당황한 표정을 지었다. 그는 확인을 하듯 조심스럽게 말했다.

"그러니까 내 무공을 배우면 소년이 이 자리에서 바로 터득할 수 있단 겐가?"

"그래! 엄청 빨라! 기대해도 좋으니까 얼른 전수해 줘."

나는 백발청년을 어떻게든 골려 줄 생각이었다. 뭐라도 무공을 전수하게 되면 그걸 재빨리 익혀서 갈무리한 후, 그럴 생각 없었다면서 비웃으면서 도주할 생각이었다. 그렇게 하면 절기를 도둑맞고 시간도 **뺏긴** 백발청년이 분통 터져 할 것이라는 계산이다.

　나중에 가서야 이 생각이 얼마나 논리 없고 유치한 것인지를 깨달았다. 하지만 나는 생전 처음 보는 타인에게 속는 셈치고 절학을 전해 줄 무림인이란 게 세상에 존재하지 않는다는, 당연한 상식을 모르고 있었다. 심지어는 이 자리에서 바로 익혀 낸다는 말도 믿지 않는 게 상식이었다.

　하지만 백발 비파 악사는 곰곰이 생각하더니 미소를 지었다.

　"재밌군. 역시 탈혼경(奪魂經), 역시 환룡(幻龍)⋯⋯ 실망시키지 않는다니까."

　"뭐?"

　뭐라고 중얼거린 것 같았는데 너무 작게 말해서 들리지 않았다. 백발 비파 악사는 현을 한 번 튕기더니 말했다.

　"좋아. 지금부터 내가 너한테 호살(豪殺) 멸겁윤회(滅劫輪回)를 가르쳐 줄게. 아마 평소보다 훨씬 익히는 속도가 빠를 테니까 시간에는 늦지 않을 거야. 익히고 나서 누구한테 전해 주든 말든 그건 네 맘대로 해라."

　"엥? 그건 또 뭐하는 무공이야? 그보다 너 강하긴 하냐?"

　나는 불신의 기색으로 쳐다보았다. 물론 이건 당연한

의문이지만, 동시에 백발 비파 악사의 성질을 긁기 위한 도발이었다.

"아 맞다. 내 소개를 안 했구나."

무림인은 자존심이 강해서 이렇게 성질 긁으면 더 무공을 전수하려고 박박 우긴다는 걸 알고 있기 때문이다. 하지만 놈은 그저 웃으면서 비파 현이나 뜯을 뿐이었다.

디리링!

"난 신룡전(神龍戰) 출전자를 심사하는 사람이야. 그냥 총관이라고 불러라."

"총관은 이름이 아니라 직위잖아. 당신 이름 없어?"

"이름은 필요 없어서 까먹었다."

"……."

나는 진심으로 눈앞의 총관이 미친 건가 싶어서 안쓰러운 눈으로 쳐다보았다. 세상에 이름이 필요 없어서 까먹는 놈이 어디 있단 말인가! 동시에 내가 시간 낭비를 하고 있다는 생각이 들어서 조급한 마음이 들었다.

총관이 내 반응을 아랑곳하지 않고 말했다.

"멸겁윤회는 내 기술 중에서도 위력이 한 손에 꼽혀. 그래서 너무 많은 고수를 죽여서, 별명은 호살(豪殺)! 네가 뭘 익혔든 섞어 쓰면 웬만큼 쓸 만하게 될 거다."

호살? 달인(豪)을 죽인다(殺)는 말인가?

말도 안 된다. 정말 이름 하나만큼은 거창한 기술이라서 나는 피식 비웃음을 지었다. 총관이 울상을 지었다.

"정말 세다고. 이런 시골에서 쓰기 아까울 정돈데."

"아, 됐고요. 얼른 전수나 해 주시지."

더 이상 이런 미치광이와 이야기할 시간이 없다. 슬슬 좀 있다 되돌아가지 않으면 성구몽 장로가 나를 의심할 것이다. 다른 도주로를 찾아보는 것보다는, 일단 숲 쪽으로 튀는 걸 생각하고 있어야겠다.

총관은 히쭉 웃었다. 나는 왠지 그 웃음이 광대처럼 보여서 불길하게 느껴졌다.

"자아. 일식(一式) 삼공(三功) 오패(五覇)의 구성(九聖) 중에서 서열 삼 위(三位), 멸겁윤회…… 넌 어떻게 해석할지 기대가 되네."

"시간 없어!"

"그래그래. 일단 외형은 이런 무공이야."

그리고 가르침이 시작되었다.

# 9.
## 각성(覺醒)

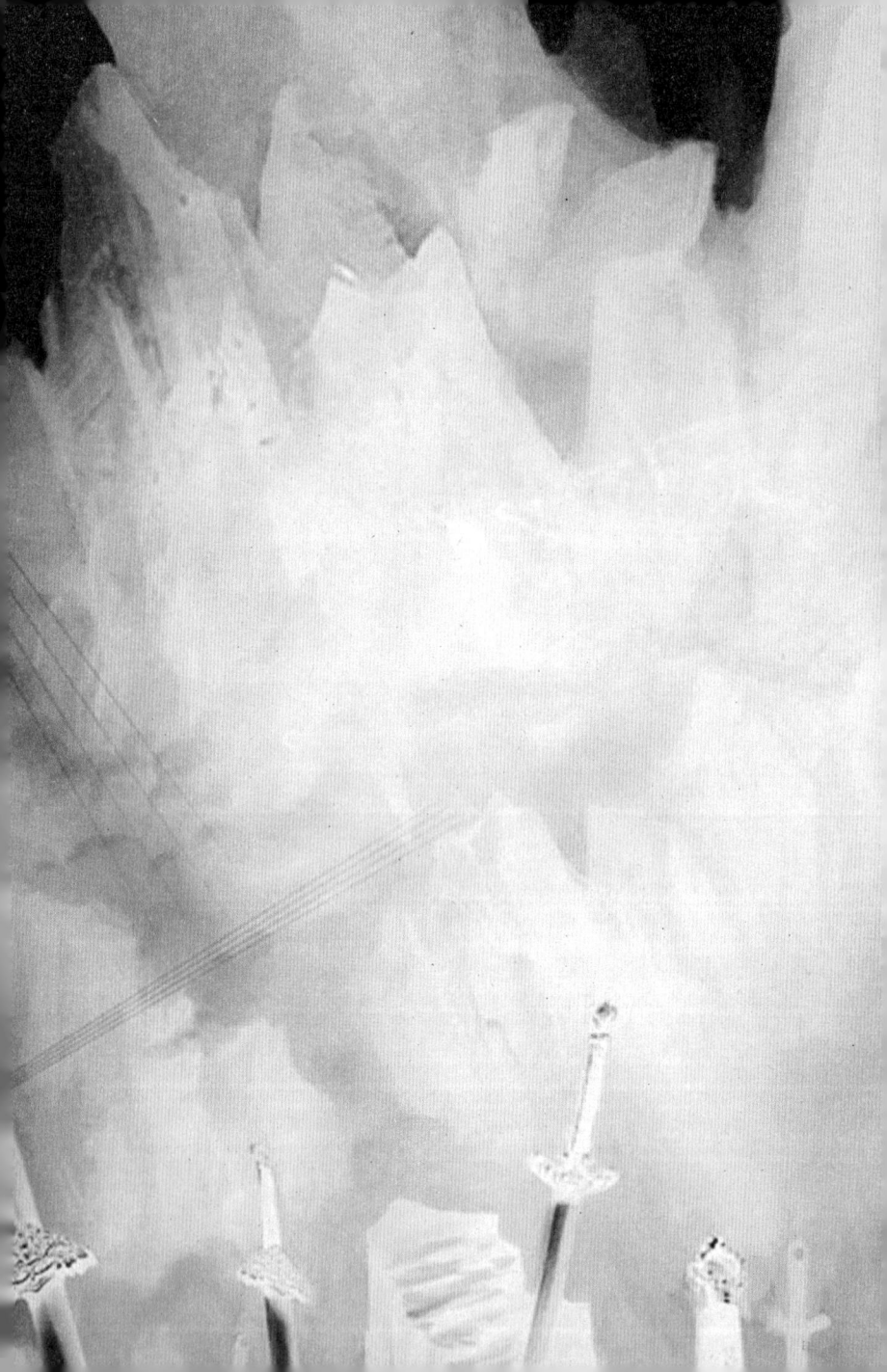

문제는 약 한 식경 후에 일어났다.

'어?'

총관이 내게 외식(外式)을 가르쳐 주는 것까지는 기억
났는데, 갑자기 윤회결(輪回決)이라는 걸 전해 주는 순간
부터 나는 정신이 육체와 분리되었다. 정확히는 수련할
때 종종 느꼈던 기묘한 집중 상태에 빠진 것이다.

디링!

아득한 기억 속에서 천천히 총관의 몸이 강 너머로 멀
어지는 게 보였다. 그 와중에도 나는 멸겁윤회라는 걸 무
의식중에 계속해서 수련을 하고 있었다.

"……사호의 부탁은 이걸로 들어준 걸로 하겠어. 그녀는 이제 내게 부탁할 건수가 없겠군. 내가 천무검왕에게 진 빚은 끝났다."

이상하다.

분명히 손만 뻗으면 떠나는 걸 막을 수 있는데, 그렇게 되지 않는다. 게다가 왠지 총관은 내 집중 상태가 뭔지 아는 듯한 기색이었다.

"멸겁윤회가 바로 극성(極成)까지 도달했다면 천휘문 따위는 더 이상 문제가 아닐 테지."

총관은 비파를 뜯으면서 걸어가고 있었다. 그게 내가 기억하는 마지막 모습이다.

"그럼 나중에 신룡전에서 보자 꼬마야."

*      *      *

첫 대결은 태월하 장로와 마환곡주(魔煥谷主) 풍일해의 격돌이었다. 태월하 장로는 여전히 얼굴이 하나도 보이지 않는 커다란 방립을 눌러쓴 채 어깨에 낚싯대를 올리고 있었다. 그리고 상대로 나온 마환곡주는 양손에 총 여섯 쌍의 마환(魔環)을 들고 있었다.

태월하 장로가 퉁명스럽게 말했다.

"당신은 결투의 공증인 아니었소? 뻔뻔스럽게도 결투 처음에 나오다니."

마환곡주가 능글능글하게 대답했다.

"크크. 결투장에 명시되어 있지 않았는가. 우리의 선봉은 천휘문주였으나 지금 없으니 어쩔 수 없이 내가 대리인으로 나온 게지."

"나중에 딴말 하지 마시오."

휘리릭!

태월하의 손에 들려 있던 낚싯대가 서서히 줄을 펼치기 시작했다. 맑은 햇빛이 비치는 평야였지만 마치 낚싯줄이 천광(天光)처럼 흐르는 모습이었다.

전투 준비에 들어갔다는 걸 깨달은 마환곡주 풍일해는 신중한 표정으로 마환을 검지손가락에 걸었다.

'이자는 본 적도 들은 적도 없지만, 고수일 것 같다. 조심해서 상대하자.'

잠시 후 귀검이 중앙으로 걸어 나왔다. 그리고 진행자의 입장에서 담담하게 말했다.

"이제 서로의 신분을 소개하고 결투에 임해 주시기 바랍니다."

"홋. 소개할 게 있나?"

마환곡주는 껄껄 웃었다.

"나는 마환곡주 비월마환(飛月魔環) 풍일해! 그대가 누군지 모르지만 명년 오늘이 제삿날이 될 것이다."

"흠, 기세가 당당하군."

"어서 자기소개나 해라. 그게 유언이 될 테니."

깔보는 말투였지만 태월하는 화내는 기색이 아니었다. 그는 거대한 방립을 꾹 눌러쓰더니 낚싯대를 천천히 횡으로 그었다. 알 수 없는 회색빛 기운이 몸 근처에 흐르고 있었다.

"나는 유극문의 장로, 태월하."

"엉?"

마환곡주는 인상을 찌푸렸다. 태월하라는 이름을 듣는 순간 불길한 예감이 등골을 스치고 지나갔다. 분명히 어디에서 들어 본 이름이라고 생각이 들었지만 마땅히 기억나지 않았다. 그리고 잠시 후 그의 안색이 새하얗게 변했다.

"강호에 있을 때는 장강사신(長江死神)이라고 불렸다."

"뭐…… 뭐…… 뭐라고옷!"

"자기소개는 이 정도면 됐나?"

놀란 건 마환곡주만이 아니었다. 관전하고 있던 환사문주는 물론 귀검의 얼굴도 경악에 물들어 있었다. 그들이 알기로, 저 별호와 이름의 주인은 이런 시골 문파에서 뜬금없이 나타날 자가 아니었다.

마환곡주가 발악하듯 외쳤다.

"미친놈!! 하다 안 되니 사칭을 하는구나! 네 녀석이
어떻게 장강수로채(長江水路寨)를 혼자서 멸망시킨 장강
사신이라는 말이냐! 허세 부린 걸 후회하게 해 주겠다!!"

위이이잉!

풍일해의 마환이 검붉은빛으로 물들었다. 그의 기공은
원숙한 경지에 이르러서, 여섯 쌍의 마환 열두 개를 마치
살아 있는 것처럼 자유자재로 움직일 수 있었다. 하나의
마환만으로도 강철벽을 종잇장처럼 뚫어 버리는 위력을
지니고 있으니, 여섯 쌍의 마환을 조종하는 풍일해의 실
력은 불문가지(不問可知)였다.

피잉!

이윽고 풍일해의 손을 떠난 마환이 허공에 어지러이 실
선을 그렸다. 실상은 너무나 빨라서 고수의 눈에도 희미
하게 스칠 정도인 마환이, 사방의 방위를 점하고 태월하
를 겁박하는 것이었다.

**마환(魔環)**
**혈우성풍(血雨腥風)!**

좌하방의 아주 작은 틈을 제외하고는 말 그대로 천지가 마환의 빛으로 둘러싸인 듯했다.

지켜보고 있던 자들은 잠시 후에 저 무시무시한 소용돌이에 갇힌 태월하가 쓰러질 거라고 생각할 수밖에 없었다.

츠캉!

게다가 설상가상으로, 하나의 마환이 궤도를 틀더니 태월하의 심장을 노리고 곧장 강기(罡氣)를 방출하며 날아들었다. 운 좋게 공격을 피한다고 해도 치명적인 한 수를 피하지 못하면 그대로 절명하고 말 것이다!

"후."

그러나 태월하는 미소를 지었다. 그 미소는 비웃음이었다.

'내 전성기 때 장강수로채주의 수룡위검(水龍威劍)조차도 내 소맷자락을 베었을 뿐이다. 풍일해 너 따위가 내게 덤비다니…….'

수선화의 호흡이 움직인다.

태월하의 몸이 찰나를 유영하면서 살육 공간 속을 떠돌았다. 떠돌았다고 표현한 것은 태월하가 밟고 있는 수선사계(水仙四季)의 보법이 너무 빠르고 절묘해서 유령을 연상케 했기 때문이다.

천지를 불태울 듯 쐐액거리던 마환은 단 하나도 태월하

의 몸에 스치지도 못했다. 분신술로 좌악 늘어난 듯한 잔상을 가끔 뚫었지만 실제로는 아무런 피해도 없었다. 게다가 마환곡주가 내뻗은 필살의 한 수는 태월하가 소매를 떨치는 순간 튕겨져 나갔다.

"윽!"

티잉하는 소리와 함께 마환이 되돌아 오자 마환곡주는 재빨리 잡아챘다. 그러나 그의 표정은 이미 절망으로 물들어 있었다. 상대가 진짜 장강사신 태월하라는 사실을 깨달았기 때문이다.

'장강 일대에서 불가일세(不可一世)로 군림한 초고수…… 방금 전의 보법은 그의 특기라는 수선(水仙)이 틀림없다. 정말 저자가 태월하라면 내 실력으론 이길 수 없다……!!'

"공격해 볼까."

태월하가 가볍게 일 장(一掌)을 내뻗었다. 말 그대로 현묘한 초식 없는 단순공격이었지만 마환곡주는 피할 수가 없었다. 자신은 필살기를 펼쳐 냈고, 그사이에 생기는 빈틈을 처리할 능력이 없다. 단순히 주욱 밀어치는 공격이라도 회피하지 못하는 것이다.

꾸웅!

"크악!"

마환곡주는 비명을 지르며 이 장을 튕겨져 나갔다. 그가 평소에 두르고 있던 호신기(護身氣)도 만만치 않은 수준인데 태월하의 공격에 무너진 것이다. 공격에 담겨 있는 잠재력이 비교가 되지 않는다는 증거였다.

태월하는 연속으로 십여 장을 내려쳤지만, 마환이 어지러이 날아다니면서 마치 벽처럼 쌓이기 시작하자 결국 물러날 수밖에 없었다.

그래도 천하에서 손꼽히는 고수답게 마환곡주는 재빨리 마환을 회수해서 방어초식을 펼치기 시작했다. 마환이 기에 따라 움직이며 경계를 하자 태월하라도 단숨에 그를 참살할 수는 없었다. 마환곡주는 마환을 움직이며 광소를 터뜨렸다.

"크크…… 귀하가 정말 장강사신이었을 줄이야…… 하지만 마환천벽(魔環天壁)은 그 수선사계로도 뚫을 수 없을 것이다!"

태월하는 잠시 동안 침묵했다. 그리고는 느릿하게 낚싯대를 들어 올리며 말했다.

"예전에 너같은 놈들이 많았지. 내겐 회피기밖에 없으니, 차분하게 방어하면 승리할 거라고 여기는 멍청이들이……."

"뭐라고?"

"잘 봐라. 이게 멍청이를 죽이는 방법이다."

쿠르르릉!

"금어장(金魚場)."

갑자기 태월하의 낚싯대가 뇌명(雷鳴)을 울렸다. 그리고 완전히 황금빛을 머금은 순간, 낚싯줄이 엄청난 기세로 풀려 나갔다. 삽시간에 오백 줄을 넘기도록 사방 육 장을 감싸안은 낚싯줄이 서서히 좁혀 오기 시작했다.

마환곡주는 이를 악물며 마환천벽의 초식으로 막으려 했으나, 갑자기 마환 두 쌍이 굉음을 내며 부숴져 버리자 안색이 새파랗게 변했다.

그의 실력으로 막을 수 있을 리 없다. 장강수로채주조차도 한쪽 팔을 내어 줘야만 했던 절세의 필살기(必殺技)다.

"안 돼……!!"

촤좌작!

그게 마환곡주의 유언이었다. 잠시 후 휘몰아치는 낚싯줄의 광풍이 한 인간의 육체를 흔적도 없이 찢어 버리고, 붉은 방울이 사방으로 튀어 나갔다. 이미 인간의 형체는 남지 않았는데도 금어장 초식은 수천, 수만 갈래로 그를 찢어발기고 있었다.

즉살(卽殺).

후두둑하는 소리가 현실감이 없었다. 사방천지에 혈류(血流)와 육편(肉片)이 가득 튀었을 때야 태월하는 손을 거두었다. 그는 조용히 낚싯줄을 거두며 말했다.

"일 승이오."

한 마디일 뿐이었지만 지켜보고 있던 자들은 형언할 수 없는 침묵에 빠져들었다. 방금 전의 대결은 삼십 초도 안 되는 짧은 순간에 끝나 버려서 격차를 느낄 수 있었다. 관전하던 일반 문도들은 공포감 때문에 멀리 뒷걸음질 쳤고, 환사문주는 방금 초식의 무서움을 깨닫고 전신을 사시나무 떨 듯 떨고 있었다.

귀검의 안색이 안 좋아졌다.

"그렇군. 그대가 장강사신이었을 줄은……."

태월하가 심드렁하게 낚싯대를 어깨에 올렸다.

"별로 상관없잖소? 내 차례는 끝났으니 다음 결투를 진행하시오."

"그래야겠군."

귀검은 대답을 하고는 환사문주를 힐끔 바라보았다. 귀검의 시선을 받은 환사문주는 깜짝 놀라며 시선을 피했다. 그리고 남몰래 귀검에게 전음(傳音)을 보냈다.

"대리 출전은 못하겠군. 결투 공증인의 역할에만 충실하겠소."

"약속이 다르잖소?"

"내가 결투에 왔던 명분은 공증인뿐이오. 내가 나서지 않는다고 강호인들에게 손가락질 당할 일은 없소."

귀검은 입술을 깨물었다.

"큭!"

환사문주가 몸을 사리는 이유를 알 수 있었다. 유극문에는 장로 세 명이 있는데, 그중 한 명이 장강사신 태월하라면 정말 위험하다. 남은 두 명은 어떤 괴물인지 쉽게 상상이 되었다.

귀검은 환사문주를 압박할 수가 없었다. 방금 전과 같은 신위를 보고서도 결투에 나가려고 하는 게 미친 인간이기 때문이다.

'나조차도 목숨을 걸어야 태월하를 이길 수 있을 것이다…… 결투는 패한 셈이군.'

귀검은 빠르게 계산을 끝냈다.

당초 생각으로는 마환곡주, 환사문주, 자신의 순서대로 나가면서 확실하게 결투를 이긴다는 계획이었다. 하지만 상대방의 힘이 예상 이상이라면 이야기가 달라진다.

환사문주가 출전을 포기했으니 천휘문의 일반 문도 중에서 결투자를 뽑아야 한다. 다만 남은 두 장로가 태월하와 비슷한 실력이라면 그 누구도 승산이 없다. 오로지 귀검이 승리를 거두는 수밖에 없는 것이다.

그러나 그것도 의미가 없다. 귀검이 이기든 지든 남은 한 명은 유극문 장로를 이길 수 없기 때문이다. 결국 결투를 패했다고 보는 편이 나았다.

스윽.

귀검은 슬며시 손짓을 했다. 그러자 뒤에 있던 천휘문도들이 우르르 움직이면서 서서히 퍼지기 시작했다. 천휘문도의 움직임이 끝이 아닌지 마환곡과 환사문의 무림인들도 진형을 잡는 움직임이었다.

특히 곡주를 잃은 마환곡의 문도들은 살기가 뻗쳐 있어서, 당장에라도 뛰어들 것처럼 으르렁대고 있었다.

기세를 읽은 환사문주가 다시 귀검에게 전음을 보냈다.

"역시 이 자리에서 유극문을 습격할 생각이오?"

"처음에는 결투에서 지면 얌전히 물러날 생각이었지만 얘기가 달라졌소. 태월하급 고수가 세 명이나 된다면 이 자리에서 물러나는 게 화(禍)가 될 것이오. 차라리 우리가 모여 있을 때 저자들을 끝장냅시다."

귀검은 이때만큼 정보력의 부재가 원망스러운 적이 없었다. 양적으로만 문파의 규모를 키우느라 정보력을 키우는데 소홀했다. 만일에 태월하나 장로들의 정체와 실력을 알았다면, 결코 결투는 제안하지 않았을 것이다.

"그게 좋겠군."

대군(大軍)의 수상한 움직임을 유극문 장로들이 눈치채지 못할 리가 없었다. 성구몽 장로가 흙먼지를 쳐다보며 차갑게 비웃었다.

"무슨 짓이오? 결투에 집중하지 않고 아랫것들을 왜 움직이시오?"

"별일 아니오. 그보다 다음 결투자는 준비되었소?"

"그쪽부터 밝히시오."

귀검이 고개를 끄덕이더니 한 발을 결투장 위에 올렸다. 상당한 패기가 느껴졌다.

"바로 내가 결투에 나설 것이오."

"그렇게 나오는군."

"천휘문을 위해 최선을 다할 뿐."

"크큭."

성구몽 장로는 귀검의 속셈을 눈치채고 비웃음을 지었다.

'네놈이 이기든 지든 결투가 끝나는 즉시 총공격을 할 생각이군. 그렇다고 결투를 받지 않을 수도 없는 걸 노린 건가.'

할 수 있다면 귀검 자신이 장로들 중에서 한 명의 목숨을 끊으려고 죽기 살기로 덤빌 것이다.

성구몽 장로의 뒤에 서 있던 채은 장로가 그에게 전음
을 보냈다.

"어쩔까요? 제가 그를 상대할까요?"

"동생 실력을 못 믿는 건 아니지만 너무 위험해. 여기
서는 내가 나서지."

채은 장로는 쓴웃음을 지었다. 그녀가 나서도 귀검을
상대로 절반의 승산을 지니고 있다. 단지 그녀의 음공(陰
功)이 천휘문의 열양공(熱陽功)에 약한 편이라 성구몽 장
로가 배려해 준 것이다.

"괜찮으시겠어요? 그는 마환곡주 따위와 비교도 안 되
는 고수입니다."

"흥! 검성신룡전(劍聖神龍戰)에 저 정도는 차고 넘친
다. 너도 알고 있지 않느냐?"

"……"

"이쪽에선 내가……."

그리고 성구몽 장로가 마주 나가려고 하는 순간이었다.

콰과광!!!

폭음과 함께 대지에 뭔가가 날아와서 불탔다. 장내의
사람들은 그 '무언가' 가 청야평을 가로질러 날아와서는
박히는 것밖에 목격할 수가 없었다. 가로질렀다고밖에 표
현할 수 없었다. 지평선에서 검은 탄환(彈丸)이 쇄도하는

걸, 육안으로 관찰하는 일은 보통 인간에게는 불가능하기 때문이다.

"뭐, 뭐야?!"

풀이 타면서 열기가 이글거렸다. 고수의 감지력으로 지켜보던 태월하는 인상을 찌푸렸다. 날아온 존재의 신법이 어째 낯익었기 때문이다. 무지막지하게 빠르긴 하지만 분명히 자신의 독문신법인 수선사계와 비슷했다.

쿠구구구!

일 장도 넘게 파여 있는 땅에서 조그마한 머리가 서서히 들렸다. 열기 때문에 약간 그을리긴 했지만 그 얼굴은 장로들 모두가 익히 알고 있는 것이었다.

성구몽 장로가 허탈하게 말했다.

"태오(太烏). 너냐?"

태오는 반쯤 넋이 나갔는지 대답을 하지 않았다. 그리고는 휘청대면서 천천히 걸음을 옮겼다. 사람들은 당장에라도 쓰러질 것처럼 어린 소년이지만, 왠지 말을 걸 수 없는 분위기라서 그저 지켜보고만 있었다.

저벅.

태오의 발걸음이 향한 것은 결투장 위였다. 그의 삼 장 앞에는 귀검이 준비 자세를 갖춘 채 서 있었다. 귀검의 눈에 이채가 흐르는 순간, 태오는 그제야 자세를 바로 잡으면서 마치 떡갈나무처럼 견고하게 버티고 섰다.

정적이 흘렀다. 잠시 후 귀검이 말했다.

"네가 내 결투 상대냐? 꼬마야."

태오는 아직 대답이 없었다. 그저 혼탁하면서도 맑은 눈으로 귀검을 주시할 뿐.

'핫!'

순간 장로 세 명은 물론, 사검사(四劍士)들도 위기를 깨달았다. 다들 워낙 의외의 일이 벌어져서 넋을 놓고 있었지만 상황이 안 좋았다. 그러나 그들이 뭔가 행동을 취하기 전에 결국 사단이 나고 말았다.

피잉—

태오의 검(劍)이 소리 없이 뽑혀 나가더니 마치 아광(亞光)을 연상시키는 기세로 귀검에게 짓쳐 들어갔다. 빛으로 이루어진 선이 귀검의 목까지 이어지는 듯했다. 사람의 팔이 검(劍)으로 만들어진 것만 같다.

"허?"

귀검은 약간 방심하고 있다가, 자신의 결계를 두 치 반이나 뚫었을 때에야 겨우 태오의 장검을 막을 수 있었다. 눈 바로 앞에서 검날이 울리면서 사납게 요동쳤다.

까앙!

'무슨…… 이게 십대 중반 아이의 검이란 말인가?'

귀검은 육성으로 놀랄 뻔했다. 아무리 방심했다지만 자신의 영역을 이 정도로 침범할 수 있는 쾌검수는 강호에서 보기 드물다.

'강호의 초일류(超一流) 쾌검(快劍)이구나!'

일파의 종주급이 아니면 어림도 없다. 설마 어린아이의 무공이 이토록 깊을 줄 몰랐던 것이다. 그러나 놀라는 것과 별개로, 귀검은 냉정하게 머리회전을 시키면서 외쳤다.

"성구몽 장로!! 이 태오라는 아이가 내게 선제공격을 가했소!"

"그, 그건……!"

성구몽 장로가 반박하려 했지만 귀검 장문영은 속으로 회심의 미소를 지으며 외쳤다.

"강호의 통례에 따라 결투 의지를 보였으므로, 태오를 결투 상대로 판단하겠소."

"……!!"

유극문의 주요 인사들이 모두 그 자리에 얼어 버리고 말았다. 귀검의 말은 유극문에 불리하기 짝이 없었지만 틀린 말이 없었다. 결투장에 걸어들어 가서, 가타부타 말도 없이 선제공격을 가해 버렸다. 기습에 가까웠기 때문에 할 말도 없었다.

사검사의 수장인 제갈휴가 인상을 찌그러뜨렸다.

"이런 제기……!! 일이 어떻게 되는 겁니까!"

"……."

장로들인들 대답할 말이 있을 리가 없었다. 그들이 뭐라고 하든 간에 보는 눈이 이렇게 많은 이상 귀검의 말을 반박할 수 없다. 일이 어떻게 되든 간에 태오가 유극문의 운명을 걸고 귀검과 싸워야 하는 처지가 된 것이다.

그리고 태오가 지면 유극문은 한없이 불리해진다. 본래는 성구몽이 귀검을 상대하면서 적당히 힘을 빼 놓으면 기세가 꺾인 틈에 도주 작전을 실행할 예정이었다. 최후의 보루인 귀검마저 시원치 않은 모습을 보여 주면 적의 기가 꺾이게 된다.

하지만 태오가 질 경우 귀검은 힘을 비축해 둔 채, 곧장 총공격 명령을 내릴 것이다. 전자의 경우와 비교해 보면 비참한 추격전이 될 게 분명했다. 문제는 명분이라도 지키기 위해서는 결투장에 뛰어들어서 태오를 구할 수도 없다는 것이다.

그때였다.

"일이 재밌게 됐네."

"아, 아니……!"

성구몽 장로는 기척도 없이 자신의 일 장 뒤에 접근한 인물을 돌아 보았다. 그리고는 정체를 확인하고 나서 약

간 놀랐다. 설마 벌써 이 정도의 실력을 갖추게 될 줄은
예상하지 못했기 때문이다.

나타난 인물은 훗하고 웃었다.

"일단은 지켜 보자구요. 장로."

휘잉!


"흠."

귀검은 점차 태오의 검격(劍擊)이 단조롭게 변해 간다
는 사실을 알 수 있었다. 그저 종횡으로 한 번씩 방향을
달리해서 밀어치는 과정의 반복일 뿐이다. 초식이라기엔
지나치게 단순해져서, 종래에는 막 휘두르는 것과 다를
바가 없게 되었다.

그러나 엄청나게 빠르다. 단지 빠른 것 하나뿐이지만
귀검은 쉽사리 태오의 공격을 흘려 내고 반격할 틈을 찾
을 수가 없었다. 빠르기에 비례하는 강격(强擊)은 아니었
지만 기세만으로도 귀검이 어찌할 수 없을 정도로 패도적
이었다.

'이게 뭐지? 이게 유극문의 검법인가?'

비슷한 검술은 소문으로 들은 적이 있다. 종남파(終南
派)의 천하삼십육검의 변화가 하나로 모아지면 그 순간
초쾌검으로 돌변해서, 오로지 빠르기로 적을 눌러 죽이는

검법으로 변한다고 한다. 그러나 종남파의 검사도 겪어 본 적 있는 귀검으로서는 유사성을 눈곱만큼도 찾을 수가 없었다.

콰광!

폭음이 울리면서 태오의 검이 뒤로 젖혀졌다. 귀검은 검 표면에 강기(罡氣)를 흘리는 일을 멈추고 좌상단으로 빗겨 잡았다.

"이만하면 충분히 보았으니 내 솜씨도 보여 주지. 소년 검객."

천휘삼절검(天輝三絶劍) 봉뢰(封雷)!

한순간의 일이었다. 마치 밀물처럼 밀려들어 온 검기 다발이 수백 개로 갈라지더니, 태오의 전신을 관통하는 듯했다. 천휘삼절검에 존재하는 육십사 개의 변화를 다시 흩어내는 기술이었다.

아니, 원래라면 분명히 관통했을 것이다. 상대방의 허점을 찾아내서 순식간에 찔러 버리는 봉뢰의 기술 하나만으로 귀검 장문영은 지룡전까지 이겨 온 적이 있다. 지금도 십 년 전의 검성전을 회상하는 자들은 봉뢰를 마검(魔劍)이라고까지 칭했다.

수선사계(水仙四季).

그러나 태오의 몸은 마치 유령처럼 기척 없이 움직이더

니 부드럽게 휘었다. 보통 인간의 눈에는 거의 보이지도 않을 정도로 분열하던 신형(身形)은 이윽고 팔방(八方)으로 모래알처럼 흩어지기 시작했다.

별빛처럼 쏟아지던 잔영(殘影)속에서 한 줄기 사나운 눈빛이 스치는 듯했다.

"……!!"

귀검은 흠칫하며 검을 뒤로 물렸다. 사실 봉뢰를 시작으로 숨 쉴 틈도 없이 연속초식으로 끝장을 내 버릴 생각이었는데, 태오의 신법(身法)에 담긴 현묘함이 너무나 깊어서 차마 공격해 들어가지 못했다.

수를 생각해 보면 약 백오십 수까지 읽히지만 그 이상은 무리다. 왠지 상대방의 흐름에 말려들어 가서 불리한 형태를 강요받을 것만 같았다. 귀검의 판단은 굉장히 정확했고 관전하던 절정고수들은 수준 높은 대결에 감탄했다.

단지 한 명, 태월하만은 경이(驚異)로 몸을 떨었다.

'나였다면 봉뢰에 이은 구절(九節)의 연속검초를 무마할 수 없었을 것이다……. 태오는 이미 수선사계 하나에 있어서는 나를 뛰어넘었다……!!'

사문의 역사상 가장 뛰어난 경지에 오른 태월하조차 뛰어넘었다는 건 많은 걸 의미했다. 다시 말하자면 그 누구도 보지 못했던 불관(不觀)의 정경(靜境)! 저 나이에 벌써 하나의 극치를 맛본다는 건 거의 있을 수가 없는 일이었다.

채은 장로가 말했다.

"공력이 부족한 게 아쉽군요. 저 정도의 신법이면 분명히 귀검의 허(虛)를 찔러서 외통수로 몰아갈 수 있을 텐데⋯⋯."

"말도 안 되는 소리. 지금 광혈인 공력을 검끝에 실어서 귀검의 움직임을 견제하는데 모든 힘을 쓰고 있는 걸 모르는가?"

채은 장로는 성구몽 장로의 대꾸에 깜짝 놀랐다.

"네? 벌써 광혈인을 쓸 줄 안다고요?"

광혈인은 성구몽 장로의 절학 중에서도 절학, 최소한 삼 년 이상의 수련이 있어야 기초라도 쓸 수 있다고 알고 있다. 하물며 검극에 공력을 전이(轉移)시키는 응용은 십 년으로도 부족했다. 그런데 새파란 꼬맹이가 자유자재로 시전한다는 걸 믿을 수 없는 것이다.

성구몽 장로가 쓴웃음을 지었다.

"둘 다 괴물이야. 귀검도 최소한의 공력으로 광혈인을 봉인(封印)하다시피 하며 한 치의 오차도 없이 몰아치고 있네. 저런 봉쇄법이 있는 줄은 몰랐는데⋯⋯ 내가 귀검을 상대했어도 결코 쉽지 않았을 걸세."

귀검이 쓰는 검법은 진기를 맺고 끊는 게 매우 분명했다. 광혈인의 기(氣)와 부딪혀서 폭발할 만한 접점 자체를 차단시키고 있었다. 보통 검사들은 절대로 할 수 없는 짓이었다.

꽈앙!

그 순간 다시 한 번 굉음이 울렸다. 귀검의 검이 선연한 강기(罡氣)를 머금으면서 공간을 횡으로 베었고, 태오는 그 절격(切激)을 소영검법으로 흘려 내다가 일 장을 튕겨져 나갔다. 하지만 부상은 없었고 다시금 수선의 신법으로 위치를 되찾고 있었다.

표홀하게 태오의 신형이 대지에 내려앉는 순간, 관전하던 사검사, 알타리는 멍한 표정을 지었다.

"정말 저게 입문한 지 한 달 된 아이라고요?"

"그렇다."

알타리 본인이 귀검 앞에 선다고 해도 저 정도로 선전(善戰)할 수 있을 것 같지 않았다.

"말도 안 돼……."

귀검의 천휘삼절검은 천휘문 사상 최고의 경지에 도달해서, 검기의 현묘함이 마치 구절양장(九折羊腸)같았다. 변화를 읽어 내는 것만 해도 벅찰 지경이다. 그런데 태오는 소영검법에 광혈인 공력을 응용해서 대등하게 겨루고 있는 것이다.

선열하는 검기의 소나기 속에서 소림(少林)의 금강부동신법(金剛不動身法)을 연상시킬 정도로 자연스럽게 피하는 태오의 움직임은 마치 그림 같았다. 이미 장내에서 관전하던 무림인들은 반쯤 황홀경에 빠져서 두 사람의 대결을 멀리서 지켜보고 있었다.

귀검은 막 일백오십 초째를 나누면서 슬며시 미소를 짓는 자신을 발견하고 당황했다.

'내가 왜 이러지? 몸이 제멋대로 움직이는구나.'

사실 속으로는 깨닫고 있었다. 검성전 이후로 십 년, 정주 일대에서 상대할 만한 고수가 전혀 없었다. 일백 초는 커녕 십 초를 받아 내는 자도 보기 드물었다. 다음 검성전을 위해서 부단히 연마하긴 했지만 마음속 한 켠에서는 호적수(好敵手)의 존재를 간절하게 바랐을지도 모른다.

어느새 그는 자신이 검성천룡전의 비무장 위에 다시 서 있다는 착각을 하고 있었다. 사방에 가득한 인간들은 중원 각지에서 몰려든 관객들이고, 자신은 천룡전에서 위로 올라가기 위해서 눈앞의 적과 혼신을 다해 겨룬다.

두근거리며 가슴이 뛰자 귀검은 미쳐 버릴 것만 같았다. 강적이었던 화산파의 대장로와 겨룰 때조차도 들지 않은 감정이다. 상대방의 검법은 그리 현묘하지 않지만 검법, 신법, 공력의 세 가지가 계속해서 변화를 일으키면서 상생(相生)하고 있다. 마치 무학(武學)의 교과서 같았다.

조금만 더.

조금만 더 싸우고 싶다!!

그런 생각을 하고 있을 때, 태오의 움직임이 변화하기 시작했다.


어라, 이건 뭐지?

나는 정신을 차렸다. 그리고 내가 어느새 모르는 인간의 목에 검(劍)을 날리고 있다는 사실을 알아차렸다. 연습할 때처럼 자연스러운 흐름이라서 나는 약간 당황했지만, 이내 상대방이 쉽사리 막아 내는 걸 보고 안도의 한숨을 쉬었다.

그나저나 어떻게 된 일일까. 나는 분명히 '총관'이라는 녀석에게 멸겁…… 뭐시기라는 무공을 전수받고 있었다. 농담이라도 하는 줄 알았는데 진지하게 가르쳐 주길래 동작수련에 얼떨결에 파고들고 말았다.

그리고 정신을 차려 보니, 갑자기 웬 비무대 위에서 모르는 사람과 싸우고 있는 것이다!

'아 젠장. 옴 붙었다.'

나조차도 잘 모르는 각성 상태에 남을 함부로 공격할 수도 있다니. 수련할 때는 몰랐지만, 이 상태는 꽤 위험한 걸지도 모른다. 나는 일단 검을 거두고 어떻게 된 일인지 제대로 알아보고 싶었지만 몸이 맘대로 움직이지 않았다.

깡깡하면서 검날이 부딪히는 소리가 연신 울렸다. 눈앞의 상대가 뭐라고 외치는 것 같지만 들리지가 않는다. 나는 정신이 멀쩡히 깨 있는 상태로, 의식과 무의식이 혼재된 상태로 무공(武功) 그 자체만을 펼쳐 낼 뿐이다.

나는 왜 싸우는 걸까? 왜 상대를 죽이려 하는 걸까?

알 수가 없지만, 이내 속으로 약간 납득해 버렸다.

무협소설에서 무림인은 늘 서로를 죽이려 한다. 하지만 죽고 죽이는 생사의 문제에서 이유가 뭐가 그렇게 중요한가? 결국 강한 쪽이 살아남고, 약한 쪽이 죽는 세계에 살고 있는 게 이유일 뿐이다.

그렇게 생각하자 속에서 하나의 단어가 떠올랐다.

불생불멸(不生不滅).

그렇다. 생(生)은 존재하지 않고 멸(滅)도 존재하지 않는다.

그 말대로라면, 나는 세상의 이치나 명분 따위를 하나도 생각하지 않고 오로지 무(武) 자체를 즐기면 된다는 뜻이 아닌가? 뭔가 굉장히 간단하고도 명료한 삶의 이치를 깨달은 기분에 흡족해졌다.

해 볼까.

그리고 나는 소리도 들리지 않는 정적의 세계 속에서 의식을 되찾으며 눈앞의 검사(劍士)와 겨루기 시작했다. 지금까지와는 달리 의식적으로 내가 익혀 왔던 것을 머릿속에서 뒤섞으면서 상황에 맞춰서 쏟아 내기 시작했다. 내 몸의 감각도 멀쩡하게 느껴지기 시작하자 서서히 오감(五感)이 현실감을 갖고 깨어났다.

세상이 느린 건지 내가 빠른 건지 알 수 없었다. 일일이 보고 대응하는 건 아니지만 자연스럽게 내가 익힌 무공의 수법이 조화되면서 상대방의 움직임과 합(合)을 이루었다. 몸속의 단전(丹田)이 만다라(萬多羅)의 형태를 이루면서 계속해서 힘을 짜내는 게 느껴졌다.

'우와, 이거······.'

처음으로 무공이 재밌다는 생각이 들었다. 마치 정해진 숫자 내에서 무한의 조합을 만들어 낸 것 같았다. 상대방이 펼쳐 내는 검법은 기오막측(奇奧邈測)하기 그지없는데, 나는 상대방의 수를 읽어 내면서 무난하게 대응할 수 있었다. 서로 간에 쓸데없는 움직임이 없으니까 자연스럽게 움직임이 이해되었다.

하지만 이대로는 끝이 나지 않는다.

'아니, 그래도 이기긴 이겨야 할 텐데.'

나는 약간 고민했다. 하지만 지금의 내 역량으로는 눈앞의 상대와 대등하게 합을 겨루는 이상을 하지 못한다. 그나마도 조합을 계속해서 최선으로 내놓기 때문에 가능한 일이다. 승기(乘機)를 잡기에는 역부족이라고 할 수 있다.

그때 내 머릿속에 또 하나의 '재료'가 떠올랐다.


**호살(豪殺)**

**멸겁윤회(滅劫輪回)!**


초식이 몇 가지 있지만 사실 초식이 중요한 무공이 아니다. 상대방의 숙련도를 역이용해서 무찌르는 역접(逆接)에 가까운 금단의 기술. 나는 의심 반 믿음 반으로 서서히 멸겁윤회의 초식 흐름을 내 무공에 적용하기 시작했다.

나는 돌연히 소영검법을 펼치다 말고 광혈인 공력을 거두었다. 공력이 없는 검은 살벌한 검강에 깨져 나가고 말았다.

까앙!

그 순간, 내 양손은 앞날개 자세를 한 채로 상대방의 검격을 마주 보는 형태가 되었다. 나는 그 자세에서 거의 힘도 들이지 않고 흐느적거리면서 상대가 칠식(七式) 사십육격(四十六擊)을 발출하는 걸 다 피해 냈다. 마치 미끌거리는 고무를 때리는 것처럼 통하지 않는 모습이었다.

하지만 나는 공격에 실린 내공이 엄청나다는 걸 알고 있어서, 만일 한 방이라도 맞는다면 그대로 피곤죽이 될 것이라는 것도 파악했다.

'지금이다!'

그 순간이었다.

나는 다시 한 번 양손을 앞으로 모아서 앞날개 자세를 했다. 아까와 달리 절초가 들어오는 순간에 앞가슴을 연 것이다. 자살행위나 다름없어 보였지만 서서히 판도가 달라졌다. 필살의 일검이 앞날개 자세에 도달한 순간 갑자기 똬리를 틀 듯이 손등이 수도의 자세로 변했다. 그리고 팔꿈치가 구십 도로 휙 돌아가면서 자연스럽게 상대의 뒷통수를 가격하게 된 것이다!

이 한 번의 반격은 너무나 절묘해서 상대는 피할 도리가 없었다. 그는 급히 내공을 전부 모아서 내 가슴팍에 일검을 날렸다. 못 피한다면 양패구상이라도 하려는 의도였다.

하지만 그것마저도 간파할 수 있었다.

나는 그 순간에 수억 개 중에 단 하나 있는 상대의 빈틈으로 자연스럽게 빈손을 집어넣었다. 그리고 다른 손으로는 자연스럽게 손을 들어서 검날의 흐름을 흘려 낼 수 있었다.

타악!

마치 처음부터 내 것을 가져오는 양, 상대의 검이 내 손에 들려 있었다. 내 몸이 빙글 회전하자 상대방은 매우 자연스럽게 검선(劍線)에 스치면서 울컥 피를 흘렸다.

"신검지기(神劍之氣)를 손에…… 그리고 탈백인(奪白刃)이라니…… 세상에……."

그자는 쓰러지기 전에 중얼거렸다.

"검성(劍聖)이구나……."

풀썩!

그리고 서서히 의식과 오감이 완전히 제 형태를 찾았다.

나는 전신이 열기와 땀에 젖어 있는 걸 깨달았고, 사방에 엄청나게 많은 사람이 있는 걸 깨달았다. 그리고 저만치에서 스승인 장로들과 사검사가 딱딱하게 굳은 얼굴로 나를 주시하고 있었다.

그러고 보니 이게 어찌된 일이지?

달려들어서 쓰러뜨리긴 했는데, 대체 어찌 된 상황일까.

"축하해."

아는 목소리가 들렸다.

내가 휙하고 돌아보자, 맑게 웃고 있는 유극문주 사호의 얼굴이 눈에 들어왔다. 이어진 그녀의 말에 나는 잠시 정신을 놓고 말았다.

"귀검을 꺾었구나."

이후의 일은 잘 기억나지 않는다.

사람들이 아우성치고, 내 손에 쓰러진 사람이 부축되어서 업혀 나가고, 그리고 문주를 포함한 장로들이 대화하는 광경이 눈에 띄었다. 열기가 가득한 한낮의 아우성 속에서 나만 홀로 정적에 고립되어 있었다.

그리고 문득 내 손에 들린 귀검(鬼劍)의 검을 내려다보았다.

그리고 상대가 마지막에 했던 말을 기억해 내었다.

그리고 중얼거렸다.

검성(劍聖).

그로부터 열흘 후.

"유극문이 천휘문을 꺾었다고?"

"네."

황도(皇都)에서 가장 가까운 밀사(密使)들의 기관, 금의위(錦衣衛)는 어둠 속에서 분주하게 일하고 있었다. 다섯 개의 계급 중에서 두 번째에 속하는 대영반(大領般) 하위지(河緯地)는 부하의 보고에 자신의 턱을 만지작거렸다.

"자네가 얼마 전에 대규모 무림인의 이동 때문에 보고한 건이었지?"

"네. 그렇습니다."

"확실히 삼백여 명 이상의 이동이면 신경 쓸 만하지. 헌데 유극문이 오십여 명 내외였고 천휘문 쪽이 이백 명이 넘지 않았나?"

"그렇습니다."

"흐으음……."

대영반 하위지는 눈에 이채를 띄었다. 게다가 천휘문은 결투라는 명목하에 마환곡과 환사문을 끌어들여서, 총 숫자가 사백여 명에 육박했다. 그냥 장정도 아니고 무공을 익힌 고수가 사백 명이나 된다면 철기(鐵騎) 오천여 명과 맞먹는다. 중원에서 그 어떤 문파도 상대하기 힘든 전력인 것이다.

부하의 보고가 계속되었다.

"천휘문이 결투의 패색이 짙자 습격하려 한 건 사실로 보입니다. 근처에서 상황을 지켜보고 있던 위사가 진(陣)을 이루는 상황을 확인했습니다."

"그게 뭐야? 그러면 열 배에 가까운 숫자 차이로 총력전을 벌였는데 유극문이 승리했다는 소리인가?"

하위지가 어이없는 표정을 지었다. 군략(軍略)에서도 두 배의 병력 차이는 수성(守城)해야만 하고, 세 배를 넘으면 목숨을 건다. 하물며 열 배에 가까운 숫자 차이면 어지간한 전략으로는 역전이 불가능하다. 부하가 고개를 저으며 말을 이었다.

"총력전은 벌어지지 않았습니다. 결투에서 귀검(鬼劍)이 패배하자 천휘문은 패배를 자인하고 귀환했습니다."

"귀검? 그가 졌단 말인가!"

하위지가 깜짝 놀랐다. 그는 금의위의 수장급이기 때문에 어전대회는 반드시 볼 의무가 있었고, 특히 십 년 전의 검성전은 지룡전부터 빼놓지 않고 관전했다. 그중에서도 귀검의 존재는 각별했다. 어린 나이로 화산파의 대장로를 꺾고 천빙마녀에게 아깝게 패배한 불세출의 검술 천재!

압도적인 병력 우세를 동원하고도 귀검이 일개 시골 문파에게 패배했다고 하면 다들 믿지 못할 것이다. 황제마저도 기억할 정도의 검객이니 당연한 말이다.

"네. 후퇴는 귀검이 명령한 것으로 보이며, 그전에 마환곡주는 유극문 장로에게 참살당했습니다. 환사문주는 공증인의 체면을 지키며 복귀했습니다."

그는 한참 동안 고민했다. 그리고 입술을 뗐다.

"유극문의 저력이 궁금해지는군. 조사는 해 봤나?"

"네. 같이 드린 황색(黃色) 극비 서류에 있습니다."

황색은 특급(特級)의 기밀을 뜻하는 서류다. 기나긴 금의위의 역사에서도 백 매 이상 존재하지 않지만, 부하는 아마 이번 일이 특급 기밀에 분류될 수 있다고 판단한 모양이었다.

팔락!

"헛!"

잠시 보고 서류를 뒤적이던 하위지가 숨을 멈추었다. 그리고는 자신의 관자놀이를 누르면서 의자를 뒤로 쭉 밀었다.

"그렇군. 그럴 만해…… 그때 천무검왕의 출신지가……."

"천휘문이 유극문에게 꺾임에 따라서 환령을 포함한 섬서, 호북 일대의 흐름이 크게 바뀔 듯 싶습니다. 위사를 파견해서 관찰하심이……."

"그러는 편이 좋겠군."

하위지가 고개를 끄덕였다.

"우리의 임무는 검성전과 폐하의 호위에 영향이 갈 만한 무림 세력의 탐색과 관찰. 이번 건에는 동창(東廠)의 조력을 구하도록."

부하가 깜짝 놀랐다.

"네? 그렇게까지……."

"일개 십대 소년이 귀검을 꺾었다고 하지 않았는가?"

"네, 그렇습니다만……."

"거기서 무슨 일이 벌어져도 크게 벌어질 게야."

하위지는 눈을 가늘게 뜨고 서류를 노려보았다. 그의 머릿속에는 죽어 가던 천무검왕의 얼굴이 다시 한 번 떠올랐다. 황도에서 벌어졌던 씻을 수 없는 흉계! 거기에 깊숙이 한 발을 걸친 대영반 하위지로서는 벗어날 수 없는 업(業)이다.

"위험분자는 다음 검성전이 일어날 때까지 파악해 두지 않으면 안 돼……."

검성전이야말로 제국의 염원.

그리고 진실을 지킬 수만 있다면 어떤 희생이라도 치를 수 있다.

그게 금의위 수장의 오른팔, 대영반 하위지의 생각이다.


＊　　　＊　　　＊


"넌 한 달 후에 파문(破門)이야."

난데없는 파문 예고.

생긋 웃으며 말하는 문주, 사호의 얼굴이 적응이 되지
않았다. 그래서 나는 예의상 한 번 반문해 보았다.

"네?"

"파문이라고."

나, 태오는 얼마 전에 천휘문과의 결투에서 큰 활약을
한 바가 있다. 얼떨결에 쓰러뜨린 게 천휘문의 최고수이
자 검성천룡전에 출전한 적 있는 귀검 장문영이란 걸 나
중에야 알게 되었다. 그리고 유극문 사람들의 괴이쩍은
시선을 받으면서 나날이 무공에 매진하는 나날이 계속될
줄 알았는데……

약 보름, 그러니까 내가 입문한 지 두 달이 막 지나려
는 시점에 나를 불러 놓더니 하는 말이 이거다.

나는 파문시키겠다는 말에 뭐라고 반응해야 할지 몰라
서 머뭇거리며 서 있었다. 사호 문주가 말했다.

"사호한테 뭐 할 말 없어? 왜 파문시키냐는 질문이라도."

"물어봐 주길 바라는 겁니까?"

"싫으면 말고. 이대로 짐 싸서 나가도 좋아."

역시 성질 더러운 여자다.

나는 어쩔 수 없이 질문했다. 아무것도 모를 때라면 몰
라도, 이유도 모르고 내쫓길 수는 없기 때문이다.

"왜 파문하는데요?"

"죄목은 세 가지가 있어. 첫 번째는 문파의 대사(大事)에 함부로 끼어든 점, 두 번째는 정체불명의 무공을 전수받아서 기사멸조(欺師滅祖)의 죄를 지은 점."

두 번째 죄목은 뭔지 짐작이 간다. 며칠 동안이나 성구몽 장로가 불편한 안색을 하더니만, 내가 귀검과의 대결에서 마지막에 썼던 멸겁윤회(滅劫輪回) 때문에 그러는 거구나. 장로한테 얻게 된 경위를 자세히 설명했는데도 납득하지 않아서 어쩔 수 없다고 생각했었는데.

"마지막은요?"

"세 번째. 타 세력의 이목을 지나치게 끌어 버린 죄."

"……네?"

사호 문주가 짧게 한숨을 쉬었다.

"사호가 솔직히 말하자면 유극문에서 너를 품고 있기에는 위험이 크다는 소리야. 그래서 내보내는 것뿐이고 앞의 두 가지는 다 핑계."

"위험이라니 무슨 소린지 모르겠습니다만."

파앗!

그 순간이었다. 사호가 무지막지하게 짜증 나는 표정을 짓더니 검을 들고 자리에서 박차고 일어났다. 그리고는 단 한 호흡으로 내 목에 검을 갖다 대었다. 매우 절묘한 간격이라서 아슬아슬하게 피부에 검극이 닿지 않았다.

내 목젖에 칼날을 들이댄 상태에서 사호가 말했다.

"이거, 기분 나쁘지?"

"엄청 나쁩니다."

일단 내 기분을 곧이곧대로 말하자, 사호가 빠르게 검을 거두었다.

"지금 네 입장이 유극문의 입장이야. 너를 데리고 있으면 '어떤 세력'이 지금처럼 유극문에 칼날을 들이댈 게 뻔하다는 거지."

"……구파일방이라도 됩니까? 어딘데 그렇게 쫄……."

나는 사호의 살기 섞인 눈빛을 받자 움츠러들었다. 이상하게 이 여자는 보는 사람으로 하여금 찔끔하게 하는 냉랭한 한기(寒氣)가 있었다.

사호가 자신 있게 대답했다.

"구파일방이면 도리어 환영이지. 화산파 정도면 박살낼 자신도 있어."

"그럼?"

"말할 수 없어."

너무 의뭉스럽다. 나는 사호가 아까부터 무언가를 숨기고 있다는 걸 깨달았지만 더 이상 말을 꺼내지 못했다. 눈빛이 새까맣게 닫혀 있으니 추궁해 봤자 말할 리가 없는 것이다. 웃고는 있지만 아예 철벽과 같았다.

"그래도 장로님들께서 너를 최소한으로 가르칠 시간이 필요하다고 하셔서 한 달의 시간을 잡았어. 그동안 너는 최대한 지식을 습득하고 소리소문 없이 문파를 빠져나가라."

"단전 폐쇄나 근골 폐쇄는 없습니까?"

"어쩔까~"

고민하던 사호가 손가락을 딱하고 튀겼다.

"이렇게 하자! 네가 십 년 후의 검성전에 나와서 천룡전(天龍戰) 사강(四强) 출전을 달성한다면 파문을 취소해 줄게. 하지만 그렇게 하지 못한다면, 그 이후부터 너는 잡히는 즉시 단전을 폐쇄당할 거다."

나는 왠지 배알이 꼴려서 투덜거렸다.

"거 참 말을 빙빙 꼬네. 그냥 적당히 용서해 주면 안 됩니까?"

"안 돼. 그렇게 맘대로 파문을 취소해 주면 사호의 위엄이 안 선다구."

"……."

나는 그냥 픽하고 웃음이 나왔다. 어떤 사정이 있는지 모르지만, 어차피 문파에 오래 몸담을 생각도 없었다. 내 목적은 환룡을 만나서 무협소설에 대해서 논하는 것이고, 아직 무림에 본격적으로 뛰어들 생각 따위 없다. 세상의 무협소설을 좀 더 읽고 싶은 게 솔직한 심경인 것이다.

"그럼 파문하기 전까지 잘 부탁드립니다, 문주님."

내가 공손하게 인사하자 사호가 활짝 웃었다.

"응~ 그래~"

그날은 그렇게 일과가 끝났다.

한 달 후, 떠나는 날이 찾아올 때까지 나는 태연하게 성구몽 장로와 태월하 장로에게 절학을 전수받았다. 두 사람은 마치 경쟁이라도 하듯이 엄청난 기세로 내게 무공을 가르쳤다.

떠나는 날 밤에 짐을 다 챙긴 나는 혼자서 어슬렁거리면서 숙소를 나섰다. 그동안 매일같이 올라가서 무공 수련을 했던 야산을 쳐다보자 왠지 모를 감회가 느껴졌다.

"가느냐?"

"네, 사부."

성구몽 장로가 새벽에 나와 있었다. 그는 노려보는 듯한 눈으로 나를 주시하다가 불쑥 말했다.

"신룡전(神龍戰)."

"네?"

"이 단어를 기억해 둬라."

뜬금없는 말을 꺼낸 성구몽 장로가 말을 이었다.

"나와 태월하는 당초 계획으로 십여 년간 너에게 모든 것을 전해 줄 생각이었다. 그러나 너에게 멸겁윤회를 전

해 준 '총관'이란 인물…… 그 때문에 떠나보낼 수밖에
없는 것이다. 더 이상 주목받아선 안 되니까."

무슨 말인 걸까? 그는 왠지 분한 표정을 짓더니 밤하늘
의 은하수를 쳐다보았다.

"……문주가 대단한 거겠지. 설마 신룡전의 총관에게
빚을 지웠을 줄이야…… 전대 문주만 살아 있었어도 이토
록 후회할 일은 없었을 텐데."

넋두리를 하던 성구몽 장로가 내게로 성큼성큼 걸어왔
다. 그리고는 어깨를 두 손으로 덥석 붙잡았다.

"강호에서 절대 검성신룡전(劍聖神龍戰)에 관한 건 묻
지도 언급하지도 마라! 그래야 너는 살아남을 수 있다."

"그, 그러면 애초에 말을 해 주지 말던지요."

"아니! 알고는 있어야 한다."

성구몽 장로가 한없이 답답하고 안타까운 표정을 지었다.

"제약 때문에 더 말을 못하는 게 애석하구나. 허나 너
는 반드시 해낼 수 있을 것이다!"

"동감이오, 형님."

그때 태월하 장로가 성구몽 장로의 말을 받았다. 그는
웬일로 거대한 방립을 벗고 맨얼굴로 나와 있었다. 그의
맨얼굴은 사십대 초중반의 사내였는데 얼굴이 마구 할퀸
듯이 상처가 가득했다. 태월하 장로는 쓴웃음을 짓더니

말했다.

"태오. 네 녀석은 천인일재도, 만인일귀도 아니다. 네 능력은 재능이 아니란 건 처음부터 알고 있었다."

"재능이 아니라고요?"

"그래. 넌 천재가 아니다. 하지만 천재를 초월할 수 있다."

이상한 일이다. 나는 내가 엄청나게 무공을 빨리 익히길래, 내가 천인일재라고 불리는 백만분의 일의 천재인 줄 알았다. 그런데 태월하 장로의 말은 그게 아니라는 것이다. 내가 아리송한 표정을 짓자 태월하 장로가 말했다.

"만일에 크게 다치면 협유곡(俠儒谷)에 가서 길상(吉床)을 찾아라. 내 이름을 대고 수선불락(水仙不落)이라고 말하면 도와줄 것이다."

"네."

나는 캐묻지 않았다. 이건 아마 태월하가 나를 위해 베풀어 주는 마지막 호의일 것이다. 분명히 대답하기 힘든 사정이 있을 테니 쓸데없이 캐묻는 건 도리가 아니다.

"그럼 잘 가라."

마지막 인사를 들으며 나는 천천히 앞으로 걸어갔다.

'헹, 해방이다.'

뒤의 두 사람은 미운 사람들이다. 내게 무공을 가르쳐 줬긴 했지만 마약 속에서 중독수련을 시키지 않나, 죽이겠다고 협박하질 않나, 기분 나쁘다고 마구 패기도 했다. 잠도 안 재우고 미친 수련을 시키기도 했다.

그러나 왜일까. 마지막 인사를 안 해서 복수해 주겠다는 생각이 왠지 유치하게 생각되었다.

"……."

에잇 젠장.

나는 두세 걸음을 더 걷다가 뒤로 획 돌아섰다. 멀리서 나를 일별하던 성구몽 장로와 태월하 장로의 신형이 멈춰섰다. 나는 짐을 내려놓고 그 자리에서 절을 했다. 그리고는 이마를 땅에 댄 상태에서 크게 외쳤다.

"다음에 뵙겠습니다 스승님!"

그리고는 재빨리 일어서서 짐을 들고 달려 나갔다. 이제부터는 나 혼자서 강호행(江湖行)이니, 지난 일을 오랫동안 신경 쓰면 안 되는 것이다!

〈『검성전』 제2권에서 계속〉

1판 1쇄 찍음 2013년 7월 5일
1판 1쇄 펴냄 2013년 7월 10일

지은이 | 환  유
펴낸이 | 정  필
펴낸곳 | 도서출판 **뿔미디어**

편집장 | 이재권
기획 · 편집 | 심재영
편집디자인 | 이진선
관리, 영업 | 김기환, 임순옥

출판등록 | 2002년 9월 11일 (제1081-1-132호)
주소 | 부천시 원미구 상3동 533-3 아트프라자 503호 (우)420-861
전화 | 032)651-6513 / 팩스 032)651-6094
E-mail | bbulmedia@hanmail.net

## 값 8,000원

ISBN 978-89-6775-392-4 04810
ISBN 978-89-6775-391-7 04810 (세트)